IHR WERWOLF VOLLSTRECKER

JODI VAUGHN

KAPITEL 1

„*B* ist du bereit, Brutus? Das allererste offizielle Treffen mit unserem neuen Rudelführer, Barrett Middleton." Killian Black schob sich einen weiteren schokoladenüberzogenen Keks in den Mund und seufzte. Er schloss sich seinen Attentäter-Kollegen aus Louisiana an, während er die süße Köstlichkeit genoss.

Die Dämmerung brach gerade erst über New Orleans herein und vor wenigen Tagen hatte sich kühleres Wetter im Süden eingestellt. Die Temperatur war von warmen dreißig Grad auf kühle neunzehn gefallen. „Ich hoffe, Barrett zwingt uns nicht Arbeitszeiten zu erfassen. Ich habe gehört, dass sich die Arkansas-Wächter bei Dienstantritt einstempeln mussten." Killian liebte seinen Job als Attentäter. Er und seine anderen beiden Attentäter-Kollegen arbeiteten nur dann, wenn jemand wegen eines Verstoßes gegen das Rudelgesetz hingerichtet werden musste.

Er, Brutus und Lorcan hatten ihren eigenen Rhythmus, was das Attentäter-Dasein betraf. Sie arbeiteten wie eine fein abgestimmte Maschine in Synchronisation und vollzogen Urteile und Hinrichtungen, wenn es ihnen befohlen wurde.

Was nicht sonderlich oft vorkam und schon gar nicht seit Barrett Middleton Rudelführer in Louisiana geworden war.

„Wenn wir uns einstempeln müssten, wärst du arbeitslos. Dein erbärmlicher Hintern kommt immer zu spät." Brutus ging weiter in Richtung Barretts Haus. Er sah Killian scharf an und runzelte die Stirn. „Wo hast du überhaupt diese Kekse her? Solche habe ich auf der Basis gar nicht gesehen."

„Das liegt daran, dass ich sie alle eingesteckt habe, als Jacey sie heute Morgen mitgebracht hat." Er schob sich noch einen in den Mund.

„Aber sie hat sie für uns alle mitgebracht." Lorcan holte ihn ein und schlug Killian gegen den Arm, sodass ihm die süßen Leckereien aus der Hand rutschten.

Lorcan fing zwei mit einer Hand auf, während Brutus den anderen erwischte.

„Hey. Die gehören mir." Killian schaute sie mürrisch an.

„Du musst lernen, weniger egoistisch zu sein. Wenn die Gefährtin des Rudelführers ein Geschenk wie dieses mitbringt, musst du es mit uns teilen." Lorcan biss ab und seufzte. „Verdammt. Die sind wirklich lecker."

„Ich weiß. Und genau deshalb wollte ich sie auch nicht teilen." Killian funkelte ihn an.

„Wohl eher, weil du ein Arschloch bist", erwiderte Brutus.

„Bin ich nicht." Killian rollte seinen Arm und rieb sich die Stelle, an der Lorcan ihn geschlagen hatte. Wieso war es auf einmal seine Schuld, dass er von süßen Sachen besessen war? Alkohol und Drogen waren noch nie sein Ding gewesen, aber man stelle einen Donut vor ihn hin und er würde sich für einen einzigen Bissen den großen Zeh abschneiden.

„Außerdem komme ich nicht immer zu spät." Killian funkelte die beiden Alphas an, die für ihn mehr wie Brüder als Kollegen waren.

„In den letzten Wochen warst du jedes Mal zu spät, wenn wir die Gegend patrouillieren sollten."

„Patrouille." Er verzog das Gesicht. „Wir sind Attentäter. Seit wann patrouillieren wir denn? Das steht nicht in meiner Stellenbeschreibung." Er sah sie beide an. „Sagt es mir. Bin ich jemals zu spät gekommen, wenn wir eine Zielperson jagen und töten sollten?"

„Nein. Aber du hast Braxton verfehlt, als du versucht hast, ihn mit einer Silberkugel zu erschießen", betonte Brutus.

„Was nebenbei bemerkt eine gute Sache war. Denn er war unschuldig." Er hob sein Kinn.

„Ja, nun, du hattest einfach nur Glück. Das ist alles." Lorcan hielt vor einem lokalen Kunsthändler am Jackson Square an und musterte ein Gemälde.

Killian atmete tief ein. Der Duft von Krapfen stieg ihm in die Nase. „Ich liebe den Geruch von New Orleans."

„Den Geruch von Erbrochenem und Urin?" Lorcan runzelte die Stirn.

„Nein, Blödmann. Den Duft von Zichorien-Kaffee und zuckerüberzogenen Beignet-Krapfen." Er schaute auf die Uhr und fragte sich, ob er Zeit für einen schnellen Imbiss hätte.

„Nein", sagte Lorcan finster.

„Was?" Er schenkte ihm seinen besten unschuldigen Blick.

„Du holst dir jetzt keinen Donut. Oder irgendetwas anderes zu essen. Wir werden zu diesem Treffen mit Barrett nicht zu spät kommen", meckerte Lorcan.

„Es ist ja nicht so, als hätten wir noch nie ein Treffen mit ihm gehabt. Er ist schon seit fast drei Monaten Rudelführer." Killian wusste sowieso nicht, warum sie so eine verdammte Welle machten. „Außerdem gab es, seitdem er Rudelführer geworden ist, keinen Befehl mehr, jemanden hinzurichten. Ich meine, ich vermisse Boudier überhaupt nicht und bin wirklich froh, dass der Wichser tot ist, aber ehrlich gesagt, wird mir langsam irgendwie langweilig."

„Das erklärt den Schwimmring, den du dir langsam zulegst." Brutus stieß ihn hart in den Bauch.

„Schwimmring?" Er blieb stehen und rieb sich den Bauch. Er konnte kein Gramm extra Fett spüren. Irgendwo hatte er jedoch einmal gelesen, dass Menschen, die zunehmen, es erst merken, wenn es zu spät ist. Er drehte sich zur Seite und studierte sein Spiegelbild im Schaufenster.

„Jetzt komm schon, du Lahmarsch", rief Lorcan über seine Schulter.

Killian fiel eine junge Frau auf, die einen Arm voller Blumen trug.

„Entschuldigung." Er schenkte ihr ein Lächeln. Sie blieb stehen. Röte stieg in ihren Wangen auf.

„Ich brauche deine ehrliche Meinung. Findest du, dass ich etwas schwabbelig aussehe?", flüsterte er und lehnte sich zu ihr vor.

Sie schüttelte den Kopf. „Ich finde, du siehst perfekt aus." Sie eilte weiter und kicherte, während sie weglief.

Er hob sein Kinn und starrte die anderen Attentäter an. Mit einem Grinsen erwiderte er: „Ja, genau was ich dachte. Immer noch perfekt.

KAPITEL 2

Barrett Middleton schob seine Kaffeetasse weg und packte Jacey bei der Taille, als sie am Esstisch vorbeiging. Er zog sie auf seinen Schoß.

„Was machst du denn?" Sie kicherte und lehnte sich in seine Umarmung. „Du hast in zehn Minuten eine Besprechung."

„Ich kann mir etwas Besseres vorstellen, was ich mit meiner Zeit anstellen könnte. Zum Beispiel dich zu befriedigen." Er kuschelte sich an ihr Ohr. Gott, er liebte ihren Duft. Er befand sich in einem ständigen Zustand der Erregung, wenn sie in der Nähe war. Und wenn sie nicht bei ihm war, schwirrte sie ihm die ganze Zeit im Kopf herum. Ihre Schwangerschaft machte sie noch unwiderstehlicher.

„Ich möchte gern mehr als zehn Minuten deiner Aufmerksamkeit." Sie drehte sich in seiner Umarmung um, schlang ihre Arme um seinen Hals und zog ihn zu einem langen Kuss heran.

Ihr süßer Geschmack explodierte auf seiner Zunge. Sie seufzte, als sie ihn fest an sich zog.

Er liebte die kleinen Geräusche, die sie ausstieß, wenn er sie küsste.

Die Türklingel tönte in einem melodiösen Klang durch das ganze Haus.

„Scheiße." Er löste sich von ihr und schaute mürrisch.

Sie lachte. „Du solltest dich besser unter Kontrolle bringen, bevor du dich mit den Attentätern triffst. Du willst doch nicht, dass der Hübsche denkt, das hier wäre für ihn." Sie drückte sanft seinen Schritt.

„Welchen von ihnen findest du hübsch?"

Er runzelte die Stirn. Er konnte sich bereits denken, dass sie von Killian sprach. Killian mit den langen, schwarzen Haaren, den grauen Augen und der Rockstar-Ausstrahlung.

Sie lachte und schüttelte den Kopf.

„Findest du Killian hübsch?", knurrte er.

„Ich liebe es, wenn du eifersüchtig wirst." Sie griff nach seiner Kaffeetasse und stellte sie in die Küchenspüle. Als sie den Raum verließ, sah er ihrem knackigen Hintern hinterher.

Er blickte zur Decke hinauf, atmete ein paarmal tief durch und dachte an Buchhaltung. Sobald er seine Erregung unter Kontrolle gebracht hatte, ging er hinüber und öffnete die schwere, schmiedeeiserne Glastür.

Auf der anderen Seite warteten die drei Attentäter.

„Ihr seid früh dran." Barrett sah finster aus.

„Seht ihr. Wir sind überhaupt nicht zu spät." Killian sah Brutus und Lorcan mit einem Nicken an.

Lorcan schaute auf seine Uhr. „Wir sind zwei Minuten zu früh." Er sah Barrett in die Augen. „Ich hoffe, das ist in Ordnung."

„Kommt rein." Er trat zur Seite und ließ sie eintreten. Sein Blick verweilte einen Moment länger auf Killian.

„Kommt ins Wohnzimmer und ich bitte Jacey uns Kaffee zu bringen."

„Hat sie noch mehr von diesen Keksen?", fragte Killian hoffnungsvoll und seine Augen glänzten vor Aufregung.

Barrett funkelte ihn irritiert an.

„Nein", knurrte Barrett leise. Er wollte Killian nicht in der Nähe von Jaceys Keksen. Oder irgendetwas anderem von ihr. „Killian, du hast dir die Haare wachsen lassen."

„Ich hatte das Gefühl, ich bräuchte eine Veränderung. Du weißt ja, wie es ist." Killian grinste.

Barrett sah den Wolf mit zusammengekniffenen Augen an.

„Barrett, du musst unserem Freund vergeben." Lorcan schüttelte den Kopf. „Killian ist zuckersüchtig."

„Ist das so?" Barrett funkelte ihn an.

„Das bin ich nicht." Killian warf Lorcan einen strengen Blick zu. „Ich mag einfach nur Kekse …"

„Und Kuchen und Schokoriegel und Limonade und Donuts …", fügte Brutus trocken hinzu.

Killian verzog das Gesicht. „Ich bin mir sicher, unser Rudelführer ist nicht an meinen Essgewohnheiten interessiert."

Die Attentäter warteten, bis Barrett sich setzte. Dann nahmen sie ebenfalls Platz. Barrett lehnte sich auf seinem Stuhl zurück. Ihm kam eine Idee. Er rieb sich das Kinn und war sich völlig bewusst, dass alle Augen auf ihn gerichtet waren. „Tatsächlich könnte sich Killians Zuckersucht als nützlich erweisen."

Stille breitete sich im Raum aus. Er ließ sie sich in die Länge ziehen. Er war lange genug Rudelführer gewesen, um sich der Macht des unausgesprochenen Wortes bewusst zu sein.

„Ich brauche jemanden, der etwas für mich recherchiert", sagte Barrett schließlich.

„Recherchiert? Solltest du dafür nicht deine Wächter fragen? Nicht uns Attentäter?", fragte Killian.

Lorcan und Brutus drehten sich um und starrten Killian an.

„Was?" Killian sah sich um. „Schau mich nicht so an, Lorcan. Du weißt ganz genau, dass du und Brutus euch dasselbe gefragt habt." Er entspannte sich auf seinem Stuhl. „Nichts für ungut, Barrett."

„Wärst du lieber unterwegs um Werwölfe hinzurichten, Killian?" Barrett neigte den Kopf.

„Deshalb nennt man uns Attentäter und nicht Babysitter." Killian lachte leise.

Brutus stand auf, ging zu Killian hinüber und schlug ihm auf den Hinterkopf.

„Aua. Wofür war das denn?" Killian rieb sich den Kopf.

„Dafür, dass du respektlos bist", knurrte Brutus.

„Ich bin überhaupt nicht respektlos. Barrett hat nach meiner Meinung gefragt. Und seit wir Boudier losgeworden sind, hätte ich gedacht, dass Barrett den offenen Dialog mit seinen Attentätern sucht." Killian funkelte böse.

„Und seit Barrett Rudelführer von Louisiana ist, wurden wir auf keine Mission mehr geschickt, um jemanden hinzurichten", fügte Lorcan zwischen zusammengebissenen Zähnen hinzu.

Barrett fiel der verwirrte Ausdruck auf Killians Gesicht auf. „Killian, gefällt dir deine Arbeit als Attentäter?"

Killians Lächeln begann zu verblassen. Barrett konnte regelrecht sehen, wie sich die Zahnräder in seinem Kopf drehten.

„Antworte nicht darauf." Barrett hielt seine Hand hoch. „Ich wollte euch alle drei losschicken, um eine Situation für mich aufzuklären. Aber ich denke, jetzt, da Killian seine Beschwerden geäußert hat, … habe ich meine Meinung geändert."

KAPITEL 3

Scheiße. Er hatte etwas Falsches gesagt. Nicht dass dies das erste Mal vorkam, aber verdammt, noch nie zuvor zu einem Rudelführer.

„Ich habe mich nicht beschwert." Killian stand auf und schluckte. „Ich liebe meinen Job. Ich habe überhaupt keine Beschwerden." Hilfe suchend sah er die beiden anderen Attentäter an.

Brutus warf ihm einen angewinkelten Blick zu. Der Wolf dachte wahrscheinlich, Killian benähme sich wie eine kleine Zicke. Und Lorcan. Bei Gott, Lorcan sah so aus, als wäre er bereit, ihn bei lebendigem Leibe zu häuten. Was etwas bedeuten sollte, wenn man bedachte, dass Lorcans Bruder Lucien fast auf diese Weise getötet worden wäre.

„Ich hatte in Erwägung gezogen, euch alle drei nach Natchez zu schicken, um etwas für mich aufzuklären."

„Natchez? Das liegt in Mississippi. Wäre das nicht Jack Welbourns Problem, der der Rudelführer in Mississippi ist?", fragte Brutus.

„Das wäre es. Er ist allerdings immer noch ein wenig sauer auf mich, weil ich die Hexe von Yazoo City nicht gefangen genommen und zurückgebracht habe." Barrett rieb sich die Schläfe.

„Die Hexe hat geholfen, dich von den Toten zurückzuholen. Ich hätte gedacht, dass er dankbar dafür wäre." Lorcan lehnte sich auf seinem Stuhl zurück.

„Das wäre er auch, aber sie hinterlässt immer wieder eine Spur von Leichen. Wenn wir eine Aufklärungsmission über eine mutmaßliche Werwolf-Drogenoperation in Natchez durchführen könnten, würde das die Sache mit Welbourn entschärfen."

„Das machen wir gern. Kein Problem", bot Killian an.

„Gut. Weil ich nur dich dorthin schicke, Killian. Für Brutus und Lorcan habe ich andere Aufgaben." Barrett sah ihn mit strengem Blick an.

„Moment. Sie kommen nicht mit?" Killian sah Brutus und Lorcan an. „Wir sind aber schon immer zusammen auf Mission gegangen."

„Dies ist keine Attentäter-Mission, Killian." Barrett funkelte ihn an. „Verweigerst du meinen Befehl?"

Sein Magen zog sich zusammen. Sein dummes Mundwerk hätte ihn fast in Schwierigkeiten gebracht.

„Nein. Natürlich nicht. Ich werde den Job erledigen." Killian hob das Kinn. „Um welche Art Ort handelt es sich? Ein Versteck von roten Wölfen? Ein Meth-Labor? Ein Prostitutionsring?"

Barrett grinste und reichte ihm ein Flugblatt. Auf der Vorderseite befand sich das Bild von einem Schokoladenkuchen. „Es ist eine Bäckerei."

KAPITEL 4

K illian stopfte eine Jeans in die Ledersatteltasche seiner Harley-Davidson Breakout und knurrte.

Eine verfluchte Bäckerei. Er wurde auf eine Mission geschickt, um Little Debbie auffliegen zu lassen.

Er schnallte die Riemen der Tasche fest zu und biss die Zähne zusammen. Er hätte wissen müssen, dass seine große Klappe ihn eines Tages in Schwierigkeiten bringen würde.

Er hätte nur einfach nicht gedacht, dass es mit dem neuen Rudelführer von Louisiana passieren würde.

Brutus lehnte sich gegen seine eigene schwarze Breakout. „Bring mir einen Twinkie-Kuchen mit."

Killian riss seinen Blick zu ihm herum. „So etwas wie einen Twinkie-Kuchen gibt es nicht, Blödmann."

„Doch, gibt es" Brutus richtete sich auf. „Ich hab einen auf Pinterest gesehen."

Lorcan lachte leise, als er zu ihnen hinüberging. „Wenn du schon dabei bist, ich nehme ein Dutzend Erdbeersahne-törtchen. Ich liebe Erdbeeren verdammt noch mal."

Killian stand auf und ballte die Hände zu Fäusten. „Wie wäre es, wenn ich euch ..."

„Es reicht", sagte Brutus und hielt die Hände hoch. „Verdammt, Mann. Für jemanden mit so einer riesigen Klappe verstehst du keinen Spaß."

Killian zwang sich, seine Hände zu entspannen. Er atmete tief durch und sah sich um. „Weißt du eigentlich, dass das meinen Ruf ruinieren wird, wenn es sich herumspricht?"

„Welchen Ruf?" Lorcan schnaubte.

„Alter. Ich bin ein Attentäter. Wenn sich herumspricht, dass ich gegen eine verfluchte Bäckerei ermittle, werde ich nie wieder flachgelegt." Killian senkte die Stimme. „Es wird meinen Coolnessfaktor völlig ruinieren. Für immer."

„Du musst mal erwachsen werden, Killian." Lorcans gelangweilter Ton verdeutlichte ihm, dass ihm nicht bewusst war, wie ernst die Lage war.

Killian funkelte Lorcan an. „Wenn Barrett dir befohlen hätte, dass du all deine Attentäter-Talente hinter dir lassen und einen Ort untersuchen sollst, an welchem Plätzchen und Kekse gebacken werden ... Willst du mir ernsthaft erzählen, dass du damit kein Problem hättest?"

„Ich sage, dass ich nach Jahren des Hinrichtens krimineller Werwölfe, von denen es manche mehr verdient hatten als andere, definitiv die Chance ergreifen würde, etwas Geistloses zu tun. Wie zum Beispiel eine Bäckerei zu untersuchen und trotzdem bezahlt zu werden." Lorcan seufzte. „Es würde meinem Bewusstsein eine Pause von all dem Blut verschaffen, das ich vergossen habe." Lorcan zuckte mit den Schultern. „Ich urteile nicht. Aber manche von uns sind kaltblütiger als andere. So sind eben alle anders."

Killian musterte Lorcans Gesicht. Es war das erste Mal, dass er so etwas wie Bedauern in den Augen seines Freundes sah.

„Mach dir nichts draus, Killian." Lorcan schlug ihm auf

den Arm. „Betrachte diesen Auftrag einfach als Urlaub von unseren normalen Pflichten. Du wirst schon früh genug wieder böse Jungs töten können."

Killian schaute Lorcan hinterher, als er verschwand. Lorcan hatte nicht unrecht.

„Und Killian, vergiss den Twinkie-Kuchen nicht", bellte Brutus seinen Befehl, bevor er sich von seiner Harley abstieß und ging.

KAPITEL 5

Killian war bereits wach, bevor die Sonne über der verschlafenen Stadt Natchez, Mississippi, aufging. Er war am Vorabend auf Reserve in Natchez angekommen. Er hatte an der kleinen Tankstelle aufgetankt, bevor er sich auf die Jagd nach einem Hotelzimmer begeben hatte. Es war Frühling und viele Hotels waren wegen der Frühlingspilgerreise ausgebucht. Diese alljährliche Frühlingsveranstaltung brachte Menschen aus der ganzen Welt nach Natchez, um die Plantagenhäuser der Stadt zu besichtigen.

Nach mehreren Versuchen war es ihm schließlich geglückt, ein Zimmer auf der Monmouth Plantation zu ergattern. Er wäre lieber in einem Hotel gewesen, wo er kommen und gehen konnte, ohne zu viel Aufmerksamkeit auf sich zu ziehen, aber die waren alle ausgebucht.

Also musste ein Bed und Breakfast reichen.

Er schloss sein Zimmer ab und begab sich zum Frühstück nach unten in den Speisesaal. Er hoffte, dass er dort zu seinem morgendlichen Kaffee etwas Süßes zum Frühstück finden würde.

„Guten Morgen, Mr. Black. Ich hoffe, Sie haben gut geschlafen." Die Besitzerin, Mrs. Spell, schenkte ihm ein Lächeln und errötete, als sie sich über ihr graues Haar strich.

„Hallo, Mrs. Spell. Ich habe geschlafen wie ein Stein." Er grinste. Er entdeckte eine Kaffeekanne und änderte seine Richtung. „Ah, genau, was ich brauche." Er hob die Kanne an und goss das dunkle Gebräu in eine weiße Kaffeetasse.

„Den beziehen wir direkt aus Frankreich. Eine besondere Röstung." Mrs. Spell deckte die Folie über einer Auflaufform auf. „Zum Frühstück gibt es einen Auflauf mit Würstchen und Ei." Sie zeigte dann auf eine Schüssel mit frisch aufgeschnittener Wassermelone, Erdbeeren und Heidelbeeren. „Frisches Obst von unseren örtlichen Bauern. Und ..." Sie hob den Deckel von einer Kuchenplatte hoch. „Hausgemachte Zimtschnecken, die einem buchstäblich auf der Zunge zergehen."

Er seufzte. Und verliebte sich augenblicklich in die alte Frau. „Haben Sie die gebacken?"

„Oh nein. Ich habe eine junge Dame, Lilliana, die sie gebacken hat." Sie reichte ihm einen weißen Teller mit winzigen blauen Blüten auf dem Rand. „Sie hat die Kochschule besucht. Sie ist so eine große Hilfe hier auf der Monmouth Plantation."

„Da bin ich mir sicher." Er nahm sich etwas vom Auflauf, ignorierte das Obst und schnappte sich drei große Zimtschnecken. Dann brachte er sein Festmahl zu dem großen antiken Esstisch im Speisesaal. Glücklicherweise waren die anderen Gäste alle noch nicht aufgestanden, sodass er den ganzen Raum für sich alleine hatte.

„Killian, sind Sie geschäftlich hier?" Sie setzte sich ihm gegenüber auf einen Stuhl.

Er ließ seine Schultern leicht hängen. Er hielt mit der süßen Zimtschnecke nur Zentimeter von seinem Mund

15

entfernt inne und zwang sich, ihr höflich zu antworten. „Ich bin hier, um mich zu entspannen."

„Das habe ich mir gedacht. Ich habe einen ausgezeichneten Instinkt. Als Sie gestern Abend hier ankamen, wusste ich sofort, dass Sie jemand Wichtiges sind."

Er erstarrte und sah die Frau an.

Sie lehnte sich vor und flüsterte. „Ich weiß, wer Sie sind."

„Tatsächlich?" Sie war ein Mensch. Noch nicht einmal ein Werwolf. Zum Teufel, die meisten zivilen Werwölfe wussten noch nicht einmal, wie die berühmten Louisiana-Attentäter aussahen. Woher zum Teufel wusste sie dann, wer er war?

„Sie sind einer dieser berühmten Rockstars." Sie lächelte und streckte ihr Kinn siegessicher hoch.

Er entspannte sich und grinste. „Woher wussten Sie das?" Er nahm einen großen Bissen von dem süßen Gebäck. Der Zucker explodierte auf seiner Zunge wie tausend Feuerwerksraketen an Silvester.

„Ich habe es an den langen Haaren und an all dem Schwarz erkannt, dass Sie tragen." Sie zuckte mit den Schultern. „Aber machen Sie sich keine Sorgen. Ich werde Ihr Geheimnis nicht verraten und es keinem der anderen Gäste erzählen. Ich weiß doch, wie wichtig es für jemanden wie Sie ist, ein wenig Zeit zu haben, um sich von Ihrer Arbeit zu erholen." Sie stand auf und klopfte ihm auf die Schulter. „Genießen Sie Ihre Zeit hier auf der Monmouth Plantation."

„Vielen Dank. Das werde ich." Er verspeiste die süße Schnecke und sah Mrs. Spell hinterher.

Er blieb eine Weile mit seinem Kaffee sitzen. Sein Blick landete auf einem kleinen Displayständer vor dem Speisesaal. Er stand auf und ging zu der Auslage hinüber.

Er überflog die verschiedenen Broschüren und nahm dann eine, auf der Bäckerei Natchez stand. Er zog den Flyer heraus und fand die Adresse.

Es war dieselbe Adresse wie die der Bäckerei, die er für Barrett prüfen sollte.

Er schob sich den Flyer in die Tasche seiner schwarzen Lederjacke.

Es sah so aus, als würde dieser Job ein Kinderspiel.

illiana Beckway sicherte die Hintertür der Natchez Bäckerei mit einem Ziegelstein und öffnete den Kofferraum ihres zerbeulten Nissans. Vorsichtig hob sie eine der vier weißen Kuchenschachteln heraus und ging damit langsam in die Küche.

„Was hast du heute für mich, Lilliana? Ich hoffe, einer davon ist ein Kolibri-Kuchen."

Emmett Reece, der ein Meter dreiundneunzig große Besitzer der Bäckerei, sah sie an und kniff die Augen zusammen.

Obwohl er so dünn wie eine Bohnenstange war, schüchterte er sie dennoch ein. Nachdem sie eine so lange Zeit in der französischen Konditoreischule verbracht hatte, hätte sie erwartet, mit ihrer Karriere weiter zu sein und ihre Träume zu verwirklichen. Ihr war nicht bewusst gewesen, wie schwierig es sein würde, einen Job in Natchez zu finden, wenn die Leute nicht das Exotische, sondern den Komfort des alten Bekannten haben wollten. So wie ihre Kolibri-Kuchen.

„Ich habe zwei Kolibri-Kuchen und zwei Rührkuchen mit

Frischkäsefüllung und Orangenblütenglasur." Sie lächelte und stellte die Torten ab.

„Orangenblütenglasur? Was ist denn mit normalem Frischkäse oben drauf? Das ist es, was die Südstaatler wollen. Nicht dieses ganze Schickimickizeug." Er funkelte sie an und öffnete den Deckel der Tortenschachtel. Der böse Blick verflog und stattdessen zeigte sich ein Ausdruck der Wertschätzung auf seinem Gesicht.

Emmett Reece mochte an allem, was sie tat, etwas auszusetzen zu haben, aber es waren seine Kunden, die ihre Kuchen forderten, was ihn dazu brachte, jede Woche wieder bei ihr zu bestellen.

Sie liebte die freie Hand, die sie in Monmouth hatte, schätzte jedoch auch das zusätzliche Einkommen, dass ihr die Natchez Bäckerei einbrachte.

Was ihr nicht gefiel, war die Tatsache, dass Emmett ihr nie die Anerkennung für ihre eigenen Kuchen zollte. Emmett kaufte zwar ihre Kuchen, vermarktete sie jedoch als Eigenkreationen der Natchez Bäckerei.

Sie beeilte sich, den Rest der Leckereien auszuladen, und verweilte noch kurz in der Küche. Dann schob sie eine flüchtige Haarsträhne hinter ihr Ohr und räusperte sich. „Weißt du, ich wäre dir wirklich dankbar, wenn du mir für die Kuchen in der Auslage Anerkennung zollen würdest. Eine einfache kleine Karte, auf der *Kreation von Lilliana Beckway* steht, würde reichen. Du weißt schon, damit die Leute wissen, wer sie gebacken hat."

Emmett stellte die Kuchen stillschweigend auf die dekorativen Glaskuchenständer und verzierte sie mit künstlichen Heckenkirschenranken.

Lilliana zuckte zusammen. Sie hasste es, wenn er ihre schönen Kuchen mit diesem Plastikscheiß verunstaltete. Sie wünschte sich, er würde sie einfach in Ruhe lassen.

Er drehte sich um und sah sie mit seiner langen,

krummen Nase von oben herab an. „Wie würde es denn für die Natchez Bäckerei aussehen, etwas zu verkaufen, das nicht hier gebacken wurde?" Er neigte den Kopf.

„Das verstehe ich. Aber ich versuche, mir einen Namen zu machen, und all diese Kuchen ohne Anerkennung zu backen, ist wirklich nicht die Richtung, in die ich gehen möchte." Sie hob das Kinn. Sie musste sich hier behaupten.

„Ich verstehe." Er drehte sich um und ging in sein Büro.

Es drehte ihr den Magen um. Großer Gott, er würde kein Gebäck mehr bestellen und sie würde das zusätzliche Einkommen verlieren. Sie brauchte das extra Geld, um es zu ihrer Mutter nach Louisiana zu schicken. Ihre Mutter hatte sie aufgezogen, nachdem Lillianas Vater sie verlassen hatte, als sie noch klein war. Ihre alleinerziehende Mutter wollte, dass ihre Tochter Möglichkeiten bekam, die sie selbst nicht gehabt hatte.

Und ihre Mutter hatte jeden Cent, einschließlich ihrer Altersvorsorge, ausgegeben, um Lilliana zur Schule zu schicken.

Und jetzt hatte es sich Lilliana zur Aufgabe gemacht, ihrer Mutter jeden Cent zurückzuzahlen, damit sie sich endlich zur Ruhe setzen und den Rest ihrer Tage in ihrem kleinen Landhaus in Louisiana verbringen konnte. Sie sollte sich um ihre Ziegen und ihre Steppdecken kümmern können, anstatt weiter als Krankenschwester im Kranken-haus arbeiten zu müssen. Ihre Arthritis wurde im Laufe der Jahre immer schlimmer, aber ihre süße Mama beklagte sich nie.

Lilliana machte es sich zur Aufgabe, so viel zusätzliches Geld zu sparen, wie sie konnte.

Die letzten beiden Jahre hatte sie von fast nichts gelebt und jede zusätzliche Arbeit angenommen, die ihr angeboten wurde. Es half sehr, dass sie in Monmouth in einer kleinen Hütte nahe der Rückseite des Hauses kostenlos wohnen konnte. Als sie das erste Mal zur Natchez Bäckerei gegangen war, um ihre Kuchen anzubieten, hatte Emmett sie verspottet. Aber als seine Kunden begannen, nach ihrem Gebäck zu fragen, hatte er angefangen, jede Woche Kuchen bei ihr zu bestellen.

Wenn Emmett sie jetzt gehen ließ, musste sie sich eine andere zusätzliche Einkommensquelle suchen.

Vielleicht konnte sie sie selbst verkaufen. Sie seufzte. Es würde Jahre dauern, sich einen Kundenstamm aufzubauen, und es würde viel Geld kosten, eine eigene Bäckerei zu gründen.

Geld, das sie nicht hatte.

Emmett kam mit einem Umschlag in der Hand aus dem Büro. Er war dicker als normal und sie wusste bereits, was das bedeuten würde. Er enthielt ihre Kündigungspapiere.

„Du solltest dankbar für die Möglichkeiten sein, die du hier in der Natchez Bäckerei bekommst." Er streckte ihr den Umschlag entgegen. „Menschen, die dankbar sind, bekommen mehr. Selbst wenn es nicht Anerkennung ist." Er drehte sich um, ging in sein Büro und schloss die Tür.

Sie stand erstarrt und mit flauem Gefühl im Magen einfach nur da.

Sie blickte auf den Umschlag in ihren Händen und öffnete ihn langsam. Dann hielt sie inne. Anstelle von Kündigungspapieren war es Geld. Viel Geld.

Sie blätterte durch die Hundert-Dollar-Scheine und zählte. Eintausend Dollar.

Die Bürotür flog auf und Emmett streckte seinen Kopf zur Tür hinaus. „Am Freitag will ich sechs Kolibri-Kuchen haben. Es ist Frühling und die Kunden wollen Gebäck, das ihnen Ostergefühle vermittelt. Kolibri-Kuchen ist eines dieser Dinge." Er knallte die Tür wieder zu.

Sie starrte auf den mit Bargeld gefüllten Umschlag hinunter.

Er hatte sie nicht gefeuert. Sie bekam eine Gehaltserhöhung. Sie musste lediglich ihren Stolz hinunterschlucken und die Tatsache akzeptieren, dass sie für das Backen für die Natchez Bäckerei keine Anerkennung erhalten würde.

Sie dachte an ihre Mutter und an alles, was sie für Lilliana geopfert hatte.

Jetzt bekam sie die Chance, sich zu revanchieren. Wenn dies bedeutete, dass sie keine Anerkennung dafür bekam, die meisten Kuchen für die Natchez Bäckerei zu backen, dann wäre es eben so.

KAPITEL 7

illian parkte seine Harley-Davidson Breakout auf einem Parkplatz an der Straße und klappte den Ständer aus. Er stieg vom Motorrad und stellte sich vor die Natchez Bäckerei hin.

Er beobachtete einen stetigen Strom an Kunden, die in dem Laden ein und aus gingen. Familien, ältere Frauen und junge Paare gingen mit leeren Händen hinein und verließen den Laden entweder voll beladen mit Kuchenschachteln oder mit Törtchen in den Händen.

Er sah einer jungen Frau hinterher, die ein perfektes Erdbeertörtchen in der Hand hielt. Sie streckte die Zunge aus und leckte über die Glasur. Als sie ihn dabei erwischte, wie er sie anstarrte, schenkte sie ihm ein verführerisches Lächeln.

Er erwiderte das Lächeln und fragte sich, ob er sie auf ein Törtchen einladen sollte.

Sie ging weiter, warf ihm jedoch einen suggestiven Blick über die Schulter zu.

Er hasste es, das sagen zu müssen, aber im Moment interessierte er sich mehr für das Törtchen in ihrer Hand als für das Törtchen in ihrer Hose.

Er wandte sich erneut der Bäckerei zu. Ihm lief das Wasser im Munde zusammen. Vielleicht hatte Barrett recht. Vielleicht war dieser Job wirklich genau das Richtige für ihn. Nur ein einfacher Auftrag mit so vielen Süßigkeiten, wie er nur essen konnte.

Er öffnete die Tür.

Der Duft von Zucker und Zuckerguss spülte über ihn wie eine verführerische Liebkosung.

Er warf einen Blick auf die Glastheke. Sie war sechs Meter lang und enthielt jede Art von Gebäck, die man sich nur vorstellen konnte. Natürlich hatte alles einen Preis.

Er wartete darauf, dass eine fünfköpfige Familie fertig wurde, und begann dann, sich alles genauer anzusehen. Er wollte von einem Ende zum anderen gehen, bevor er sich entschied, was er essen wollte. Außerdem würde ihm das genügend Zeit geben, sich genauer umzusehen. Gebäck und Aufklärung, dies waren die zwei Dinge in Killians Kopf.

„Kann ich Ihnen helfen, Sir?", fragte ihn ein großer, schlaksiger Mann, der auf der anderen Seite des Tresens stand, mit leiser Stimme. Es war die Art Tonfall, mit der jemand versuchte, ihm mitzuteilen, er solle sich beeilen, seine Bestellung aufgeben und wieder abhauen. Killian war aber noch nicht bereit, wieder zu gehen. Der schlaksige Typ würde warten müssen.

„Ich schaue noch. Ich möchte mir erst alles ansehen, bevor ich mich entscheide." Killian neigte den Kopf. „Ist das in Ordnung?"

„Ja, natürlich, Sir. Nehmen Sie sich alle Zeit, die Sie brauchen." Der schlaksige Typ entfernte sich und lief zur anderen Seite des Tresens, wo ein junges Pärchen Törtchen bestellte.

Killians Blick schweifte über die Vitrine. Es gab jeden erdenklichen Keks in jeder erdenklichen Geschmacksrichtung. Die Törtchen waren mit perfekter Glasur und exotischen Namen wie Erdbeer-Frischkäse-Delight und Schokoladen-Explosion verziert. Das Wasser lief ihm im Mund zusammen, als er am Tresen entlangging und sich Zeit ließ.

Nach den Törtchen kamen die Kuchen. Große, wunderschöne, diabetesverursachende Kuchen. Sein Blick landete auf einem Kuchen, der wunderschön verziert war, und um dessen Basis seltsam wirkende Plastikheckenkirschen gewickelt waren. Er runzelte die Stirn. Sein Blick fiel auf den Namen. Kolibri-Kuchen.

Was zum Teufel war denn ein Kolibri-Kuchen?

Er drückte seinen Finger gegen das Glas. Ohne aufzusehen, sagte er. „Ich nehme den dort."

Mr. Schlaksig eilte am Tresen entlang und sah von der Torte zu Killian auf. „Möchten Sie ein Stück, Sir?"

Killian sah Mr. Schlaksig in die Augen. „Nein. Den ganzen."

Es dauerte etwa eine Minute, um für den Kuchen in bar zu bezahlen.

Ihm wurde bewusst, dass er die Dinge nicht durchdacht hatte, als er den Laden verließ und auf sein Motorrad zusteuerte.

Er brauchte weitere zehn Minuten, um eine Lösung zu finden, wie er einen ganzen Kuchen auf einer Harley-Davidson zurück zur Monmouth Plantation bringen würde. Er zog ein Gummiseil aus seiner Satteltasche und befestigte den Kuchen hinten auf seinem Motorrad. Dann warf er einen Blick zur Sonne hinauf. Obwohl es im Moment nur kühle einundzwanzig Grad waren, strahlte sie hell und er wusste, dass die Sonne die Frischkäseglasur schnell schmelzen lassen würde, wenn der Kuchen zu lange draußen wäre.

Er stieg auf sein Motorrad. In der Bäckerei hatte er wirklich nichts Ungewöhnliches gesehen. Er dachte sich, er könnte mit dem Kuchen zurück auf sein Zimmer in Monmouth gehen und ein oder zwei oder vielleicht sogar drei Stücke davon essen, bevor er sich wieder auf den Weg machte, um weitere Nachforschungen anzustellen. Und während er seinen Kuchen genoss, würde er Barrett kurz Bericht erstatten. Verdammt, vielleicht hatte Mrs. Spell auch noch etwas von diesem tollen Kaffee für ihn. Er konnte sich wirklich nichts Besseres als Kaffee und Kuchen vorstellen.

Killian grinste, ließ das Motorrad an und machte sich auf den Weg zurück zum Bed und Breakfast.

KAPITEL 8

K illian parkte die Harley und schnappte sich seinen Kuchen. Ihm lief das Wasser im Mund zusammen, als er den verlockenden Duft des Zuckergusses roch. Er dachte nicht, dass er warten könnte, bis er ins Haus gelangte. Nur wenige Meter entfernt entdeckte er einen kleinen Garten. Der perfekte Ort für einen Imbiss. Er änderte seine Richtung und fand einen kleinen Weg, der zu einer Steinbank an einem kleinen Teich führte. Er setzte sich und öffnete den Deckel der Schachtel.

„Sie müssen diesen Kuchen in der Natchez Bäckerei gekauft haben", sagte eine leise, weibliche Stimme.

Er runzelte die Stirn und drehte sich zu der Störung um. Er wollte doch nur in Ruhe und Frieden Kuchen essen und nicht mit einer neugierigen Fremden plaudern.

Sein Blick landete auf dem grünsten Augenpaar, das er je gesehen hatte. Die Frau war groß und schlank, mit langen Haaren in der Farbe des Mitternachthimmels. Sie trug eine Jeans, die sich um ihre weichen Kurven schmiegte und ihre langen Beine betonte. Außerdem hatte sie ein schwarzes T-

Shirt mit dem Wort *Angel* auf der Brust an. Sie musterte ihn, als sie näherkam.

Er schloss die Augen und atmete ein. Ihr Duft traf ihn wie der Schlag. Sie war ein Mensch.

„Das habe ich. Wollen Sie ein Stück?" Er wandte seinen Blick nicht von ihr ab, was ungewöhnlich war. Er liebte Frauen. Er hatte eine Freundin in jedem Bundesstaat, sowohl Werwölfe, als auch menschliche Frauen. Aber wenn es um Kuchen ging, teilte er nie.

Er runzelte die Stirn. Warum zum Teufel hatte er angeboten, seinen Kuchen mit einer menschlichen Frau zu teilen?

Schweiß brach auf seiner Stirn aus und er drückte sich den Handrücken gegen den Kopf. Vielleicht hatte er die Grippe? Dann erinnerte er sich wieder, dass Werwölfe keine Grippe bekamen. Vielleicht hatte er irgendeine seltsame Art Wolfskrankheit?

„Geht es Ihnen gut? Sie sehen irgendwie krank aus." Sie verschränkte die Arme und musterte ihn.

„Ja. Es geht mir gut." Er blickte wieder auf den Kuchen hinunter. „Haben Sie schon einmal einen Kuchen aus der Natchez Bäckerei gegessen?"

„Ja." Sie zuckte mit den Schultern und sah weg. Der Frühlingswind packte ihr Haar und wirbelte es in die Luft. Ihr Duft stieg ihm erneut in die Nase.

Er stöhnte. „Sie riechen wie Zucker."

Sie hob ihr Haar an ihre Nase und schnupperte. „Wirklich? Ich habe geduscht."

Er schüttelte den Kopf und versuchte, seinen Kopf frei zu bekommen. „Vielleicht ist es nur Ihr Shampoo", murmelte er und wandte sich ab.

„Werden Sie den Kuchen jetzt essen oder was?" Sie erschien irgendwie ungeduldig und überhaupt nicht so, als wäre sie an ihm interessiert.

Hatte sie denn gar keine Reaktion auf ihn? Zum Teufel, er

brauchte nur die Straße entlanggehen und Frauen würden ihm folgen, aber das kleine Fräulein hier sah fast so aus, als hätte sie Besseres zu tun.

„Das werde ich." Er bot ihr mit der Hand einen Platz an.

Sie schüttelte den Kopf. „Ich kann nicht lange bleiben. Ich muss zurück an die Arbeit. Ich habe mehrere Gäste, die sich zum Abendessen angemeldet haben."

„Moment mal, sind Sie hier die Köchin?" Er sah sie an, als sie langsam mit dem Kopf nickte.

„Das bin ich."

„Also haben Sie heute Morgen diese wunderbaren, süßen Schnecken gebacken." Ein Lächeln breitete sich auf seinem Gesicht aus.

„Das habe ich. Es freut mich, dass sie Ihnen geschmeckt haben. Mrs. Spell möchte immer, dass ich mehr Aufläufe und weniger Süßspeisen zubereite …"

„Nein!", sagte er etwas zu schnell.

Sie riss die Augen weit auf.

„Entschuldigung. Es ist nur einfach so, dass diese Schnecken das Beste waren, was ich mir je in den Mund gesteckt habe." Plötzlich wurde er von Bildern überflutet, wie er seinen Mund über sie gleiten ließ. Sein Körper zog sich vor Verlangen zusammen und er kämpfte gegen den Drang an, sie ins hohe Gebüsch zu ziehen und zu küssen, bis sie den Verstand verlor.

„Das ist gut zu wissen." Ein Grinsen verzog ihre wunderschönen Lippen. „Also worauf warten Sie noch?"

Scheiße. Hatte sie die Fähigkeit, seine Gedanken zu lesen? War sie mehr als nur ein Mensch? Er konnte keinen anderen übernatürlichen Geruch an ihr erkennen.

„Also was ist? Werden Sie den Kuchen essen oder nicht?" Sie verschränkte ungeduldig die Arme.

„Ach ja. Richtig. Natürlich." Er verzog das Gesicht. Das hatte er auf jeden Fall falsch interpretiert.

Er versuchte, sich auf die Köstlichkeit vor sich zu konzentrieren. Seltsamerweise konnte er dabei nicht aufhören, an die Frau neben sich zu denken.

„Ich bin Killian." Er streckte seine Hand aus.

„Nur Killian?" Sie runzelte die Stirn.

„Killian Black." Er fühlte sich irgendwie wie ein Verlierer, als er seine Hand so in der Luft hielt.

„Lilliana Beckway." Sie schüttelte seine Hand.

Wärme schoss durch seine Hand, direkt in seine Brust und breitete sich bis zu seinem Schwanz hinunter aus. Er sah, wie sich ihre Pupillen weiteten, als auch sie diese Empfindung verspürte.

Schnell riss sie ihre Hand wieder weg. „Der Kuchen." Sie nickte. „Ich bin neugierig, was Sie darüber denken."

Warum hatte sein Körper so auf sie reagiert? Auf einen einfachen Menschen?

„Ach ja." Er wandte seine Aufmerksamkeit wieder seiner Aufgabe zu. „Ich habe nichts, womit ich ihn schneiden könnte." Das stimmte nicht ganz. In seinem Stiefel steckte ein Messer. Aber das letzte Mal, als er es benutzt hatte, war bei einer Mission gewesen. Es klebte wahrscheinlich immer noch Blut daran. Kuchen und Blut passten nicht so gut zusammen.

„Hier." Sie zog ein gezahntes Messer aus der Gesäßtasche ihrer Jeans.

„Tragen Sie immer Waffen bei sich?" Er sah sie mit zusammengekniffenen Augen an.

„Nur wenn ich mich zum Kochen bereitmache." Sie zuckte mit den Schultern. „Ich koche heute Abend und brauche es, um das Gemüse für die Beilage zu schneiden."

Er nickte und nahm das Messer entgegen.

Vorsichtig schnitt er in den Kuchen an und ließ das Messer dabei durch die Schichten gleiten.

Er zog eine dünne Scheibe des Kuchens heraus. Er

konnte Zimt, Zucker und Bananen riechen. „Ich hatte keine Früchte erwartet", sagte er.

„Haben Sie noch nie einen Kolibri-Kuchen gegessen?"

„Nein."

Sie grinste. „Haben Sie etwa gedacht, da wären Kolibris drin?"

„Um ehrlich zu sein, war ich mir nicht so sicher. Er sah gut aus, also wäre es mir auch egal gewesen, wenn da Krähen hineingebacken wären."

Sie stieß ein Lachen aus und die Spannung in dem kleinen Garten löste sich.

Er hob den Kuchen an seinen Mund. Bei seinem ersten Bissen explodierte der Geschmack auf seiner Zunge.

„Und?"

Er kaute nachdenklich. Plötzlich biss er auf etwas Hartes. Die Süße löste sich in Bitterkeit auf. Er verzog das Gesicht und rannte zum nächsten Strauch. Er steckte seinen Kopf hinein und spuckte den Rest des Kuchens aus.

Er wischte sich den Mund mit dem Handrücken ab und stand wieder auf.

Als er sich umdrehte, funkelte Lilliana ihn an. „Also hat er Ihnen nicht geschmeckt."

Er schüttelte den Kopf. „Was auch immer in diesem Kuchen war, ist nicht zum Verzehr geeignet."

„Was wissen Sie denn schon. Sie sind kein Experte." Sie ballte ihre Hände zu Fäusten und drehte sich auf dem Absatz um. Als sie zurück zum Haupthaus stürmte, fluchte sie vor sich hin. Leise, aber dennoch laut genug, dass er sie hören konnte.

„Perfekt. Jetzt hasst sie mich."

Killian schnappte sich die Kuchenschachtel und machte sich auf den Weg zur Mülltonne neben einer der Hütten. Er öffnete den Deckel und warf den Rest des Kuchens hinein.

KAPITEL 9

arrett trommelte mit den Fingern auf seinem Schreibtisch herum, während er darauf wartete, dass Killian seinen Anruf annahm. Gerade als er auflegen wollte, antwortete der Wolf.

„Hallo?"

„Warum hat das so lange gedauert? Hast du deinen Kopf in einer Schachtel mit Donuts vergraben?", donnerte Barrett.

„Genau genommen in einer Kuchenschachtel", sagte Killian mürrisch.

„Was?" Barrett klang verstimmt. „Vergiss es. Hast du etwas über die Natchez Bäckerei herausgefunden?"

„Ich habe herausgefunden, dass ihre Kuchen beschissen sind", antwortete Killian.

„Und was noch? Konntest du irgendetwas beobachten? Hast du dir die Küche angesehen? Irgendein Hinweis auf Drogenhandel?" Er rieb sich die Schläfe. In seinem Gehirn begann sich ein langsames Pochen zu bilden.

„Ich bin durch die Vordertür reingegangen. Habe mich umgesehen. Einen Kuchen gekauft. Und es zutiefst bereut."

„Du hast also keine Aufklärung betrieben." Barrett versuchte wirklich sehr, seine Wut im Zaum zu halten.

„Kannst du nicht einfach einen deiner Wächter recherchieren lassen? Und wenn du den Schuldigen findest, bringe ich ihn für dich um. Das ist irgendwie eher mein Ding."

„Killian", knurrte Barrett. „Ich verstehe ja, dass die Louisiana-Attentäter unter Boudier Auftragskiller waren …"

„Ja." Die Freude in Killians Stimme war offensichtlich.

„Aber ich bin nicht Boudier. Ich habe gern alle möglichen Informationen, bevor ich einfach so anfange, irgendwelche Leute hinzurichten." Barrett schloss die Augen und zählte bis zehn.

„Ich weiß. Und ich mag dich auch viel lieber als Boudier. Vertrau mir. Es ist nur so, dass ich schon so lange als Attentäter tätig bin, dass ich nichts anderes mehr kann."

Das war das Problem. Barrett wollte, dass die Attentäter eine andere Seite des Lebens sahen, jetzt, da sie nicht mehr unter Boudiers Kontrolle standen.

„Geh zurück zur Natchez Bäckerei und bring mir ein paar echte Informationen."

„Ja, Sir", antwortete Killian.

„Und Killian? Kauf keinen Kuchen mehr." Und damit legte Barrett auf.

KAPITEL 10

Lilliana wischte sich die Hände an ihrer Jeans ab, nachdem sie die Suppe fertig gekocht und abgeschmeckt hatte. Heute Abend sollten es eigentlich nur sechs Gäste zum Abendessen sein. Aber in letzter Minute hatte sich noch ein weiterer Gast angemeldet, wodurch sich sowohl die Anzahl der zu bekochenden Personen als auch ihr Stresspegel erhöht hatte.

„Sie können die Suppe ruhig schon servieren, während ich mit dem Hauptgang beginne." Sie sah Mrs. Spell an. „Ich hoffe, die Gäste verstehen, dass es noch zwanzig Minuten dauern wird, bis der Hauptgang angerichtet ist und serviert werden kann. Die Leute wissen heutzutage gar nicht mehr, wie sie mal langsamer machen und eine Mahlzeit genießen sollen."

„Machen Sie sich keine Sorgen, Schätzchen. Ich werde dafür sorgen, dass sie sich gut unterhalten. Besonders mit dem Attraktiven."

„Welcher Attraktive?" Sie riss ihren Blick zu der älteren Dame herum.

„Der, der wie ein Rockstar aussieht." Sie wackelte mit ihren grauen Augenbrauen.

„Killian." Ihr Herz wurde schwer. Sie wusste sofort, von wem Mrs. Spell gesprochen hatte.

„Ja." Ihr Lächeln wurde breiter. „Wie ich sehe, haben Sie ihn bereits kennengelernt. Er ist doch ein Süßer, finden Sie nicht auch?"

„Ich finde, dass er unhöflich ist und keinerlei Geschmack für kulinarische Künste hat. Wahrscheinlich isst er normalerweise Tankstellengebäck und denkt, dass es das Beste sei, was er je probiert hat." Sie funkelte die Filetsteaks an, die sie soeben auf den Grill geworfen hatte. Zum Glück hatten alle ihre Gäste ihre Steaks entweder englisch oder fast blutig bestellt, sodass es zumindest nicht sonderlich lange dauern würde, sie zu braten. Sie hatte die zweifach-gebackenen Kartoffeln und den gedünsteten Spinat mit Parmesan bereits vorbereitet, sodass die Beilagen auch nicht lange dauern würden.

„Er ist ein Mann, Schätzchen. Alle Männer finden Tankstellenessen wunderbar." Mrs. Spell schnappte sich ein paar Suppenschüsseln. „Und wenn er heute Abend erst einmal Ihren Nachtisch probiert, werden Sie einen ganz neuen Mann aus ihm machen." Mrs. Spell ging hinaus in den Speisesaal.

„Wenn er meinen Kolibri-Kuchen aus der Bäckerei gehasst hat, wird ihm auch die Crème Brûlée nicht schmecken, die ich heute Abend serviere", murmelte sie vor sich hin.

Sie richtete ihre Aufmerksamkeit wieder dem Essen zu und stellte sich die Zeitschaltuhr ein.

Mrs. Spell kam zurück in die Küche und trug die leeren Suppenschüsseln auf einem Tablett herein. „Ihre französische Zwiebelsuppe war ein Hit. In keiner der Schüsseln ist auch nur ein Tröpfchen übrig und selbst die Dame, die gesagt hat, sie würde Zwiebeln hassen, hat sie geliebt."

„Das ist gut." Sie spürte die Spannung von ihren Schultern gleiten, richtete den Hauptgang an und garnierte die Teller. Sie trat zurück und bewunderte ihre Präsentation.

„Oh, Lilliana. Das sieht wundervoll aus. Und es riecht göttlich." Mrs. Spell klopfte ihr auf den Rücken. „Sie einzustellen, war die beste Entscheidung meines Lebens. Das Geschäft läuft besser, seit Sie hier arbeiten."

„Das freut mich." Sie schenkte der älteren Frau ein Lächeln. Mrs. Spell hatte ihr einen Job gegeben, als es niemand anderes tun wollte. Die Bezahlung war nicht großartig, aber sie stellte ihr eine kostenlose Unterkunft zur Verfügung. Außerdem hatte Mrs. Spell nichts dagegen, dass sie nebenbei auch für die Natchez Bäckerei backte.

Sie widmete ihre Aufmerksamkeit der Crème Brûlée. Die Zubereitung von Desserts war ihre Lieblingsbeschäftigung als Köchin. Zutaten zu etwas Süßem und Trostbringendem zu verarbeiten fühlte sich wie ihre Berufung auf dieser Welt an.

Manche Menschen konnten andere mit Medizin heilen. Sie zog es vor, die Welt mit ihrem Nachtisch zu heilen.

Als Mrs. Spell den Gästen den Nachtisch brachte, schnappte sich Lilliana ein Weinglas aus dem Schrank. Sie holte eine Flasche Malbec heraus, die sie am Vormittag gekauft hatte. Nachdem sie den Deckel aufgeschraubt hatte, goss sie sich eine großzügige Menge in ein Kristallglas.

Sie trank einen großen Schluck von der granatroten Flüssigkeit. Als der Wein in einem warmen Rausch ihre Kehle hinunterglitt, schloss sie die Augen.

Aus dem Speisesaal drang Gelächter in die Küche. Sie hatte sich heute Abend gut geschlagen. Die Gäste waren glücklich.

Was bedeutete, dass auch sie glücklich sein sollte.

Sie schnappte sich ihr Glas und die Flasche Wein. Dann öffnete sie die Hintertür und ging auf den Hof hinaus.

Der helle Frühlingstag hatte sich zu einer tiefschwarzen Nacht gewandelt und der süße Duft der Heckenkirschen hing in der kühlen Nachtluft.

Sie betrat den Garten, ging den Steinpfad entlang und blieb in der Mitte des Hofes stehen. Dort setzte sie sich auf die Steinbank und stellte die Flasche neben sich ab. Sie nippte an ihrem Wein und beobachtete, wie das Wasser im Brunnen sprudelte.

„Hätten Sie gern Gesellschaft?" Die tiefe männliche Stimme unterbrach die Stille der Nacht. Killian kam den Pfad entlang und blieb vor ihr stehen.

Ihr Herzschlag beschleunigte sich.

„Nicht wirklich." Sie wollte den attraktiven Mann vor sich ignorieren, aber es war unmöglich. Also versuchte sie, sich daran zu erinnern, dass sie wütend darauf war, wie er darauf reagiert hatte, ihren Kuchen zu essen.

Er ließ seinen großen Körper neben ihr auf die Bank sinken.

Dann streckte er seine langen, in schwarze Jeans und Biker Stiefel gekleideten Beine aus und schaute sie mit grauen Augen an. Er trug eine schwarze Lederjacke über einem schwarzen T-Shirt. Sogar sein langes Haar war schwarz.

„Mrs. Spell hat erzählt, dass Sie für unser heutiges Abendessen verantwortlich waren. Ich wollte Sie finden, um Ihnen zu sagen, dass es das beste Essen war, was ich je gegessen habe."

„Auch der Nachtisch?" Sie sah ihn fest an und knirschte mit den Zähnen.

„Besonders der Nachtisch." Er grinste. „Ich bin ein Experte für Nachtisch."

Ihr Herzschlag beschleunigte sich und ihre Atmung

wurde schneller. Sie versuchte, sich einzureden, dass ihr Körper nur so auf ihn reagierte, weil sie sauer war, und nicht, weil sie sich von diesem attraktiven Arschloch angezogen fühlte.

„Ach wirklich?" Sie versuchte, an ihrem Ärger darüber, dass er ihren Kolibri-Kuchen ausgespuckt hatte, festzuhalten. Aber er war ihr so nah und was auch immer in seinem Rasierwasser war, es hatte eine betörende Wirkung auf ihre weiblichen Körperregionen.

„Es ist eine Tatsache." Er griff nach der Weinflasche und schenkte ihr ein verruchtes Lächeln. „Macht es Ihnen etwas aus zu teilen?"

Sie wandte sich ab und kniff die Augen fest zusammen. Je mehr er sie anlächelte, desto mehr wollte sie Dinge tun, über die sie schon sehr lange nicht mehr nachgedacht hatte.

„Nur zu. Aber ich habe kein zusätzliches Glas dabei."

„Ich habe vorausgedacht." Er zog ein Weinglas aus seiner Jackentasche. „Ich bin an der Küche vorbeigegangen, als ich Sie durch die Hintertür verschwinden sah."

„Sie haben mich beobachtet?" Sie schluckte. Es war eine Weile her, seit sie sich zu einem Typen derart hingezogen gefühlt hatte. Und normalerweise fand sie Idioten wie ihn nicht attraktiv.

Sie sollte öfter ausgehen und sich öfter küssen lassen. Das würde ihre rasende Libido sicherlich entschärfen.

Er sah ihr in die Augen. Ihr Bauch wurde ganz warm.

„Natürlich habe ich Sie beobachtet. Eine so schöne Frau wie Sie. Ich wette, Sie haben jede Menge Verehrer." Er schloss die Augen, als würde ihm dieser Gedanke nicht gefallen. Ganz und gar nicht.

Irgendetwas an Killian warf sie aus der Bahn. Sie hatte, was Männer betraf, eigentlich immer ein kluges Köpfchen gehabt und lockere Bekanntschaften gepflegt, wenn sie die

Zeit dazu hatte. Aber sie hatte nie eine wirklich ernsthafte Beziehung geführt.

Sie wollte es so. Sie hatte Ziele und Träume und brauchte keinen Mann, um sich vollständig zu fühlen.

Ganz besonders keinen so heißen Typen wie Killian. Diese Lektion hatte sie von ihrer Mutter gelernt.

Mach eine Ausbildung. Folge deinen Träumen. Sei unabhängig. Aber das Allerwichtigste ist: Verlass dich nie und nimmer auf einen Mann.

Aber sie hatte sich noch nie zuvor von einem Mann so hingezogen gefühlt wie von Killian. Sie räusperte sich und stand auf. „Ich weiß Ihr Komplement für das Abendessen sehr zu schätzen. Ich hoffe, Sie genießen den Rest Ihres Abends." Sie versuchte, loszulaufen, aber er erwischte ihren Ellbogen.

Der Atem stockte in ihrer Kehle.

„Ich hatte gehofft …" Seine Stimme verstummte. Seine Pupillen weiteten sich. Und ein weiterer Stromschlag schoss von der Stelle, an der sie sich berührten, durch ihren Körper.

Verlangen pulsierte in ihren Adern. Ihre Atmung wurde schneller.

Er ließ ihren Ellbogen los, streckte die Hand aus und schob eine Haarsträhne hinter ihr Ohr. Seine Hand verweilte einen Augenblick dort. Dann streiften seine Fingerspitzen über ihre Wange. „Sie riechen köstlich."

Ihr Bauch wurde warm und Lust pulsierte zwischen ihren Beinen. Sie atmete tief ein. Sein Duft betörte sie und sie konnte nicht anders, als sich näher an ihn zu lehnen.

Ihre Wut und ihr Stolz waren vergessen und wurden von überwältigender Lust ersetzt.

Er schlang seine freie Hand auf ihre Hüfte und zog sie gefährlich nah an seinen sündigen Körper.

Auch ihre Hände hatten ihren eigenen Willen und glitten

an seinen Armen hinauf. Sie zeichnete die scharfe Kante der Muskeln mit ihren Fingerspitzen nach.

Er knurrte tief und beugte seinen Kopf zu ihrem.

„Was machen wir denn?", flüsterte sie.

„Wir tun, was sich richtig anfühlt." Er neigte den Kopf und bedeckte ihren Mund mit einem glühend heißen Kuss.

Sie öffnete die Lippen und begrüßte seine heiße Zunge. Es war zu lange her, dass sie geküsst worden war, und ganz sicher noch nie auf diese Weise.

Sie ließ ihre Finger an seinen Schultern hinaufgleiten und schob sie durch sein langes Haar. Sie stöhnte, als seine Zunge über ihre glitt und er sie fest und tief küsste, als gäbe es kein Morgen mehr.

Unanständige Bilder von ihnen beiden, wie sie sich nackt umschlangen, bis sie von befriedigtem Verlangen ganz nass waren, schossen durch ihre Gedanken.

Er ließ seinen Mund zu ihrem Hals hinabgleiten.

„Mehr. Ich brauche mehr." Sie zog seinen Mund zu ihrem zurück und er rieb seine Erektion an ihrer feuchten Mitte.

Mit beiden Händen packte er ihren Hintern und hob sie hoch. Sie schlang ihre Beine um seine schlanke Taille und stöhnte, während er sie weiter küsste.

Er unterbrach den Kuss und starrte ihr in die Augen. Er keuchte und seine grauen Augen waren fast schwarz vor Verlangen. „Du bist so verdammt schön."

Ihr Herz erschauderte und sie zog seinen Mund auf ihren zurück. Sie schlang ihre Fersen um seine Taille und rieb sich an seiner Erektion. Heiße Lust kribbelte durch ihre Klitoris.

„Ich weiß, was du brauchst." Er drückte sie mit dem Rücken gegen die Backsteinmauer im Garten. Dann drängte er ihr seine von der Jeans verdeckte Erektion entgegen.

„Ja", flüsterte sie, als sie ihren Kopf gegen die Wand hinter sich lehnte. Das Verlangen wurde stärker, jedes Mal wenn er über ihre Klitoris glitt.

„Fühlt sich das gut an, Baby?" Er saugte an der empfindlichen Stelle an ihrem Hals. „Ich will, dass du dich gut fühlst."

„Ja." Sie grub ihre Fingernägel in seine Schultern. „Bitte. Mehr."

Er knurrte und vergrub sein Gesicht an ihrem Hals.

Ihr Verlangen schwoll an, bis sich eine Welle der Lust durch ihre feuchte Hitze und in jede Zelle ihres Körpers ausbreitete. Er rieb sich weiter an ihr, bis sie von den Nachbeben ihres Orgasmus erschauderte.

„Fuck." Er knabberte an ihrem Hals und rieb sich weiter an ihr. Er bewegte sich schneller, bis er seine eigene Erlösung fand.

Mit schwerem Atem vergrub er sein Gesicht in ihrer Halsbeuge. Sie spürte seinen heißen Atem an ihrem Ohr.

Er verteilte sanfte Küsse auf ihrem Hals und ihrer Wange. Als er sie auf dem Boden absetzte, hielt sie sich an seinen Armen fest, bis sie stark genug war, um allein zu stehen.

KAPITEL 11

K illian versuchte, seine Atmung unter Kontrolle zu bringen. Sie hatten noch nicht einmal Sex gehabt und es trotzdem geschafft, sich gegenseitig zum Höhepunkt zu bringen.

Auf seltsame Weise erotisch. Sie waren einander völlig fremd und doch hatte er das Gefühl, sie schon sein ganzes Leben lang zu kennen.

„Das war ... unerwartet", gab sie zu.

„Wirklich? Ich wusste vom ersten Moment an, dass ich dich will." Er starrte direkt in ihre Seele. Er konnte sie nicht anlügen. Nicht sie.

„Normalerweise stehe ich nicht auf Männer, die meine Backkünste hassen. Es ist so eine Regel, die ich habe." Sie schüttelte den Kopf.

„Deine Backkünste hassen? Ich habe doch gesagt, dass ich deine Kochkunst liebe." Er runzelte die Stirn. Wovon sprach sie denn?

„Heute Abend schon, aber du hast meinen ..." Als sie Stimmen hörte, die sich näherten, richtete sie sich auf. Sie trat einen Schritt zurück und strich sich das Haar aus dem

Gesicht. „Ich muss gehen. Ich muss heute Abend noch ein paar Kuchen backen, die ich morgen früh ausliefern will." Sie lief weg, bevor er ihre Hand greifen konnte.

„Killian, da sind Sie ja." Mr. Bruce Davis lächelte und schob sich seine dickgerahmte Brille auf die Nase. Seine Frau Mattie hatte ihren Arm durch seinen geschlungen und nippte an einem Glas Sherry.

„Sie sind weggelaufen, bevor Sie einen Cocktail trinken konnten." Mattie streckte ihr Glas in die Luft. „Ich hatte noch nie solch wunderbares Essen oder so tolle Begleiter, mit denen ich es teilen konnte."

„Ja, ja, Mattie. Ich bin ganz deiner Meinung. Solches Essen wird in Philadelphia ganz sicher nicht gekocht." Bruce tätschelte die Hand seiner Frau.

„Für mich war es auch die beste Mahlzeit, die ich je gegessen habe." Killian fuhr sich mit den Fingern durchs Haar und starrte in die Richtung, in die Lilliana verschwunden war. Irgendwie verstand er sie nicht. Die sexuelle Energie zwischen ihnen war überwältigend gewesen, aber hinterher hatte er das Gefühl bekommen, dass sie ihn nicht sonderlich mochte.

Dies war kein Problem, an das er gewohnt war, wenn es zu Frauen kam.

„Mrs. Spell hat erzählt, dass die junge Dame, die für sie kocht, sowohl die Kochschule als auch eine französische Konditoreischule besucht hat", erzählte Mattie.

„Meiner bescheidenen Meinung nach war dieses Geld gut angelegt." Bruce nickte.

„Ja. Wirklich gut angelegt." Killian schenkte dem Paar ein Lächeln. „Wenn Sie mich jetzt entschuldigen wollen, ich muss noch etwas erledigen, bevor ich ins Bett gehe."

„Gute Nacht", rief ihm das Pärchen nach, als er in die Richtung seines Motorrads verschwand.

Er musste zurück zur Natchez Bäckerei fahren und ein

paar Nachforschungen anstellen, während sie geschlossen war. Barrett zählte darauf, dass er ihm Informationen beschaffte.

Er war vielleicht gut darin, böse Jungs zu töten, aber im Moment befand er sich auf einer Aufklärungsmission.

KAPITEL 12

Killian lehnte sich gegen das Motorrad und starrte auf die Hintertür der Natchez Bäckerei. Das Geschäft hatte um neun Uhr geschlossen, aber die Angestellten waren noch bis etwa elf Uhr geblieben. Hinter dem Gebäude war noch immer ein Auto geparkt und im Inneren brannte auch immer noch Licht.

Er verschränkte die Arme und versuchte, an irgendetwas anderes als an Lilliana zu denken. Aber das Bild ihres wunderschönen, von Ekstase verzerrten Gesichtes blitzte immer wieder in seinen Gedanken auf. Sein Körper wurde jedes Mal hart, wenn er an die Geräusche dachte, die sie gemacht hatte, als sie in seinen Armen zum Höhepunkt kam.

Die Hintertür öffnete sich und Killian richtete sich auf. Er hielt sich von den Straßenlaternen fern und war in den Schatten getreten.

Ein großer, schlaksiger Mann sah sich um, bevor er aus dem Gebäude trat. Es war der gleiche Mann, der ihn früher an diesem Tag bedient hatte. Er schob sich seine Aktentasche unter den Arm und schloss die Tür hinter sich ab. Dann eilte er zu seinem Auto und rutschte hinein. Selbst aus dieser

Entfernung konnte Killian das deutliche Klicken der sich verriegelnden Autotüren hören.

Der Mann fuhr los. Killian sah ihm hinterher, bis die roten Rücklichter auf der Straße verschwunden waren.

„Er erschien irgendwie nervös für jemanden, der einfach nur die Arbeit verlässt", murmelte er vor sich hin.

Er rutschte vom Motorrad und eilte zur Hintertür hinüber. Dann zog er ein Dietrich-Set aus der Tasche und machte sich am Schloss zu schaffen. Er öffnete die Tür und betrat die Bäckerei. Er sah sich um und suchte nach einem Alarm, konnte aber keinen sehen.

Das Gebäude war alt und stand wahrscheinlich unter Denkmalschutz. Vielleicht war es deshalb nicht mit einem Alarm verkabelt. Er bahnte sich seinen Weg in die Küche. Die Edelstahlgeräte, die riesigen Rührschüsseln und eine lange Edelstahltheke waren gereinigt worden, und die gesamte Backausrüstung befand sich wieder an ihrem Platz.

Der Duft von Zucker und Zimt lag in der Luft. Er musste an Lilliana denken.

Er bahnte sich seinen Weg durch die Küche und zum Büro. Die einzigen beiden großen Gegenstände im Raum waren ein alter Holzschreibtisch und ein Bürostuhl. Er ging um den Schreibtisch herum und setzte sich auf den Stuhl. Er versuchte es mit der obersten Schublade, musste jedoch feststellen, dass sie abgeschlossen war. Er zog seinen Dietrich heraus und machte sich an die Arbeit. Als das Schloss schließlich einrastete, zog er die Schublade auf.

Sie war leer, bis auf einen Schlüssel.

„Ach was." Er seufzte und griff danach. Er versuchte es mit der nächsten Schublade. Überraschenderweise war sie nicht verriegelt.

Er entnahm einige Papiere und Akten und überflog die Dokumente auf verdächtige Aktivitäten. Es gab Quittungen und Bestellungen von verschiedenen Kunden. Er stieß auf mehrere Belege von einem Stammkunden, der jedes Mal dasselbe bestellte.

Der Kunde wurde als Motorradmann geführt. Er zahlte immer in bar. Und er bestellte immer den Kolibri-Kuchen.

„Warum würde er den immer wieder bestellen? Der war schrecklich." Er erschauderte, als er sich daran erinnerte, wie sich der zuckersüße Geschmack zu etwas anderem gewandelt hatte. Zu etwas Bitterem.

Er legte die Dokumente zurück und schnappte sich den Schlüssel. Dann lief er durch den ganzen Laden und suchte nach etwas, was dieser Schlüssel aufschließen würde.

Glücklicherweise wurde in dieser Bäckerei nachts keine Innenbeleuchtung angelassen. Das machte es ihm leichter, sich darin zu bewegen, ohne die Aufmerksamkeit der vorbeifahrenden Autos zu erregen.

Er blieb an der Vitrine stehen. Die Törtchen und Kekse waren alle verschwunden, die Ablagen sauber abgewischt. Nur die Kuchenauslage, in der sich der Kolibri-Kuchen befunden hatte, sah so aus, als wäre sie überhaupt nicht gereinigt worden.

Er ging hinter die Theke und schob die Glasscheibe auf. Dann steckte er seinen Finger hinein und wischte über den weißen Zuckerguss. Er hob ihn zu seinem Mund, um es zu schmecken, und hielt dann inne. Ein schwacher bitterer Geruch stieg ihm entgegen. Er hob den Zuckerguss an seine Nase und roch daran.

Er zuckte zusammen.

Es roch nach Reinigungsmittel.

„Vielleicht hat der Kuchen deshalb so schlimm geschmeckt. Sie haben die Einlegeböden nicht richtig gereinigt und der Kuchen hat sich mit Reinigungsmittel vollgesaugt." Er schob die Glasscheibe zurück und wischte den Zuckerguss an einer Serviette ab, bevor er sie in den Mülleimer warf.

Er warf einen Blick auf die Uhrzeit. Für einen kurzen Augenblick dachte er darüber nach, den Schlüssel mitzunehmen, aber er wusste, dass der Besitzer ihn vermissen würde. Er hatte immer noch nichts gefunden, das auffällig war, also ergab es keinen Sinn, ihn zu behalten. Er ging zurück zum Büro und hielt inne. Eine Bewegung draußen erregte seine Aufmerksamkeit. Mit seinem Rücken gegen die Wand gedrückt, starrte er aus dem vorderen Fenster.

Eine Gestalt näherte sich dem Geschäft und blieb stehen. Den Kurven und langen, dunklen Haaren, die aus einem Kapuzenpullover heraushingen, nach zu urteilen, war sie weiblich. Sie hob ihre Hände seitlich an ihren Kopf und drückte ihr Gesicht gegen das Fenster, um hineinzuschauen.

Er atmete tief ein. Lilliana.

Sie stand dort und starrte schweigend in die leeren Vitrinen. Traurigkeit breitete sich in ihren Augen aus und sie trat vom Fenster zurück. Sie schlang ihre Arme um sich und ließ den Kopf hängen.

Sie sah so aus, als hätte jemand ihren Welpen getreten.

Killians Herz schmerzte in seiner Brust.

Er sah ihr nach, als sie langsam davonlief.

KAPITEL 13

$\mathcal{E}$r eilte ins Büro zurück, legte den Schlüssel in die Schublade und schloss sie wieder. Dann rannte er zur Hintertür hinaus und schloss schnell ab, bevor er sich auf den Weg zur Vorderseite der Natchez Bäckerei machte.

„Lilliana. Warte mal." Er holte sie ein und sie drehte sich um.

„Was machst du denn hier? Verfolgst du mich immer noch?" Sie kniff ihre wunderschönen grünen Augen zusammen.

Er würde ihre bösen Blicke und das Funkeln ein Leben lang ertragen, wenn dies bedeutete, jeden Tag mit ihr aufzuwachen.

„Was? Nein." Er fuhr sich mit der Hand durch sein Haar.

„Was machst du dann um diese Zeit hier?" Sie neigte den Kopf und wartete auf seine Antwort.

Er grinste und schob seine Hände in die Taschen seiner Jeans. „Ich könnte dich dasselbe fragen. Es ist wirklich nicht sicher, so spät noch unterwegs zu sein."

„Killian, lass uns ehrlich sein. Was vorhin passiert ist, war ein Fehler." Sie hob ihr Kinn.

Er trat näher und strich eine Haarsträhne zurück. „Es hat sich aber nicht wie ein Fehler angefühlt. Es fühlte sich eher … perfekt an."

„Ich bin mir sicher, dass du das zu allen Frauen sagst." Sie schob seinen Finger von ihren Haaren weg.

Sein Lächeln verblasste.

„Tu ich nicht." Er runzelte die Stirn. Er mochte den Damen vielleicht Komplimente machen, aber was er für sie empfand, war anders. Und sie war ein Mensch. Das machte ihm ein wenig Angst.

„Wirklich?" Sie zog die Augenbrauen hoch.

Er stemmte die Hände in seine Hüfte und starrte sie an. „Verrate mir etwas, Lilliana."

„Was denn?" Sie wühlte in ihrer Handtasche herum.

„Wie kommt es, dass es dir nichts ausgemacht hat, einen solch intimen Moment mit mir zu teilen, du dann hinterher jedoch so getan hast, als könntest du mich nicht ausstehen."

Sie riss ihren Kopf zu ihm herum. „So etwas mache ich normalerweise nicht." Sie senkte ihre Stimme, als hätte sie Angst, dass jemand sie hören könnte.

Er grinste. „Was machst du normalerweise nicht? Einen Fremden hassen? Oder deine Beine um ihn schlingen?"

„Du bist ein Arschloch." Sie ballte ihre Finger zu Fäusten.

„Aber ein süßes Arschloch, oder?", fragte er hoffnungsvoll.

Ihr Mund klappte auf und dann schloss sie ihn wieder. Sie drückte ihre Lippen zu einer geraden Linie zusammen und dann passierte etwas Seltsames. Ein Lachen sprudelte aus ihr heraus.

Er grinste.

„Es tut mir leid." Sie schüttelte den Kopf und zog einen Schlüsselbund aus ihrer Handtasche. „Ich wollte dich im Garten wirklich nicht belästigen. Ich schätze, ich musste etwas Dampf ablassen."

„Ich beschwere mich nicht. Du kannst gern jederzeit etwas Dampf ablassen." Er sah weg. „Wenn wir schon ehrlich sind. Ich mache so etwas normalerweise auch nicht. Ich meine, normalerweise gibt es erst Abendessen und Getränke und…"

„Genau genommen hattest du beides." Sie grinste.

„Vermutlich hast du recht." Sie war wunderschön, klug und witzig. Eine Kombination, die nur schwer zu finden war.

„Und was ist mit dem Teil, dass du mich hasst?" Er blinzelte sie unter seinen Wimpern an.

„Ja. Diese Sache." Sie schüttelte den Kopf. „Es tut mir leid. Ich bin sehr eigenwillig, was meine Backkunst betrifft, und wenn jemand meine Kreationen nicht mag, nehme ich es leicht persönlich." Sie zuckte mit den Schultern. „Nicht jeder mag Kolibri-Kuchen."

Er erstarrte. „Kolibri-Kuchen?"

„Ja. Ich backe und liefere Kuchen und Torten an die Natchez Bäckerei. Der Kolibri-Kuchen, den du vorhin ins Gebüsch gespuckt hast, war von mir." Sie errötete und wandte sich ab.

„Ich dachte, die Bäckerei würde ihre Backwaren selbst herstellen." Unbehagen kroch ihm den Rücken hinauf.

„Das tun sie auch. Sie backen die kleineren Sachen wie Törtchen und Kekse. Ich backe die größeren Produkte, Kuchen und Torten. Ich mache das erst seit etwa einem Jahr für sie. Nur um etwas zusätzliches Geld zu verdienen. Meine Mutter hat ihre ganze Altersvorsorge dafür aufgebraucht, mich auf die Kochschule zu schicken, und ich möchte es ihr zurückzahlen." Sie seufzte. „Ich bin jetzt schon seit drei Jahren aus der Schule raus und hätte gedacht, dass ich mehr Geld verdienen würde, als ich es tue."

„Also du hast den Kolibri-Kuchen gebacken?" Er neigte den Kopf.

„Ja."

„Aber das ist unmöglich. Was ich gegessen habe, schmeckte bitter. Überhaupt nicht so wie deine anderen Gerichte." Er runzelte die Stirn.

„Bitter?" Sie zog die Augenbrauen hoch und schüttelte langsam den Kopf. „Aber das ist unmöglich. Ich habe noch nie etwas Bitteres in meinen Kuchen getan. Besonders nicht in den Kolibri-Kuchen. Der enthält nur Zimt, Zucker, Bananen …"

„Vielleicht hat die Bäckerei versehentlich irgendein Reinigungsmittel auf deinen Kuchen gesprüht, als sie die Regale abgewischt haben." Er zuckte mit den Schultern.

„Vielleicht." Aber sie sah nicht so aus, als würde sie ihm das glauben. Sie warf einen Blick auf die Uhrzeit an ihrem Handy. „Ich muss wieder zurück. Ich muss noch Kuchen für morgen backen. Die Bäckerei hat mich heute angerufen und ihre Bestellung für die Kolibri-Kuchen verdoppelt. Ich werde die ganze Nacht dafür brauchen." Sie strich sich das Haar aus der Stirn und sah mit einem kleinen Lächeln im Gesicht zum Nachthimmel hinauf. „Weißt du, früher habe ich solche Nächte geliebt. Der Frühling liegt in der Luft, ein neuer Lebensabschnitt und ein mit Sternen und dem Mond verzierter Nachthimmel."

Er blickte ebenfalls nach oben. „Weißt du, ich könnte dir helfen. Ich bin ziemlich gut in der Küche." Er sah sie wieder an. Sie errötete.

Sein Körper wurde warm.

„Ich meine, ich weiß selbst, wie man kocht. Ich kann dir beim Backen der Kuchen helfen." Er hob die Hände. „Aber ich kann sie auf gar keinen Fall dekorieren. Das ist nicht mein Ding."

„Bist du dir sicher, dass du heute Abend wirklich nichts anderes zu tun hast?" Sie runzelte die Stirn und sah sich auf dem leeren Parkplatz um. „Was machst du überhaupt hier draußen? Alle Geschäfte in diesem Teil der Stadt machen um neun zu. Und es gibt in dieser Gegend keine Bars."

„Ich bin nur ein wenig mit meinem Motorrad herumgefahren." Er zeigte mit dem Daumen über seine Schulter. „Und ich bin hier gelandet."

„Du bist also derjenige mit der Harley-Davidson Breakout auf der Monmouth Plantation. Das hätte ich mir denken sollen." Sie schob die Hände in die Taschen ihrer Jeans. Die Frühlingsluft tanzte zwischen ihnen herum und spielte mit ein paar Strähnen ihres Haares. Ihr Duft wehte über ihn und sein Körper wurde warm und hart.

Er stieß ein leises Knurren aus.

„Bist du dir sicher, dass es funktionieren wird? Du und ich gemeinsam in der Küche?"

„Ich nehme mal an, dass du in Wirklichkeit fragst, ob wir nackt ohne Kleider enden werden." Er grinste.

Sie wurde rot und schaute weg.

„Lilliana, ich verstehe, dass es dir sehr wichtig ist, diese Kuchen zu backen. So sehr ich auch mit dir schlafen möchte, und dieses Mal ohne Kleider, verspreche ich dir doch, meine Triebe in der Küche unter Kontrolle zu halten." Er streckte die Hand aus. „Ich verspreche es."

Sie nickte und nahm seine Hand. „Also gut. Dann sehen wir uns gleich."

Er beobachtete, wie sie in ihr Auto stieg und losfuhr, bevor er zu seinem Motorrad zurückkehrte.

Es würde eine lange Nacht werden, in der er versuchen müsste, seine Gedanken auf Kuchen und nicht auf die Frau zu konzentrieren, die ihm ununterbrochen im Kopf herumschwirrte.

KAPITEL 14

G lücklicherweise gab es in der Küche von
Monmouth mehr als einen Ofen. Wofür sie sonst
die ganze Nacht gebraucht hätte, benötigte Lilliana
dadurch lediglich drei Stunden. Während sie sich um die
letzten dekorativen Details der fünf Kuchen kümmerte,
machte Killian die Küche sauber.

Sie hätte nie gedacht, dass ein putzender Kerl so sexy sein
könnte, aber Killian war höllisch heiß.

Er war groß und schlank mit Muskeln überall an seinem
prächtigen Körper.

Sie musterte ihn unauffällig. Seine Muskeln spannten sich
an, während er eine Rührschüssel abtrocknete und sie an
ihren Platz zurückstellte.

„Ich glaube, ich habe alles abgewaschen." Er sah sich um
und sein Blick landete auf ihr. „Habe ich irgendetwas
vergessen?"

Sie sah von ihrer Aufgabe auf, Glasur auf dem letzten der
Kuchen zu verteilen, und schaute sich um. „Nein. Ich glaube,
das war alles. Vielen lieben Dank. Es ist wirklich toll, dass du
alles sauber gemacht hast. Das macht es zu einer Freude

anstatt einer lästigen Pflicht, morgen früh das Frühstück zuzubereiten."

„Selbstverständlich." Er schenkte ihr ein heißes Lächeln, das ihr Höschen in Brand setzen könnte.

Ihr Bauch wurde warm und sie wandte sich ab, bevor er sie wieder in seinen Bann ziehen konnte. Sie musste sich konzentrieren. Männer wie Killian meinten es mit Mädchen wie ihr nie ernst.

„Es ist fast vier Uhr. Es tut mir leid, dass ich dich so lange wachgehalten habe."

„Es macht mir nichts aus. Ich hatte wirklich nichts anderes vor. Ich bin sozusagen im Urlaub." Er zuckte mit den Schultern.

„Also, was machst du so? Du weißt schon, beruflich?" Vorsichtig hob sie den letzten Kolibri-Kuchen für ihre morgige Lieferung in die Kuchenschachtel. „Du siehst eigentlich nicht wie jemand aus, der normalerweise in einem Bed und Breakfast auf einer Plantage übernachten würde."

„Ich war schon mal in einem Bed und Breakfast. Es gibt ein wirklich hübsches in den Bergen oben in Eureka Springs, das ich recht gut kenne." Er schnaubte.

„Wirklich?" Sie lachte. „Das klingt romantisch. Du musst mit einer Freundin dort gewesen sein."

„Nein. Ich war mit Brutus dort und …" Er verstummte.

Sie drehte sich um und sah ihn an. „Brutus? Ich nehme an, das ist keine Frau." Scheiße. Hatte sie ihn etwa falsch einge-schätzt? Aber was hatte es dann mit den verrückten Küssen und dem Sich-Aneinander-Reiben wie rollige Katzen auf sich gehabt?"

„Nein, so ist das nicht. Brutus ist wie ein Bruder für mich." Er schüttelte den Kopf und musterte den Boden. „Es war eine Geschäftsreise."

„Und was machst du so geschäftlich?" Sie entspannte sich und schenkte ihm ein Lächeln. „Du weißt aber schon, dass

Mrs. Spell allen erzählt, dass du ein berühmter Rockstar bist."

Er verzog das Gesicht. „Ich weiß. Ich hätte sie korrigieren sollen, aber irgendwie hat es mir gefallen."

„Gefällt es dir, zur Abwechslung mal jemand anders zu sein?"

„Ja." Er grinste.

„Ich wünschte, ich könnte jemand anders sein." Sie seufzte.

„Warum solltest du jemand anders sein wollen? Ich meine, du lebst doch ein Traumleben. Deine Gäste in Monmouth sind von deinen Kochkünsten begeistert und du bist ein richtiger Superstar in der Natchez Bäckerei." Er runzelte die Stirn.

„Nicht ganz." Sie atmete tief ein und ließ es dann raus. „Die Natchez Bäckerei schreibt mir meine eigenen Kuchen nicht zu. Sie sagten, sie wollten die Kunden nicht wissen lassen, dass sie Gebäck verkaufen, das nicht aus ihrer eigenen Küche stammt."

„Das ergibt überhaupt keinen Sinn. Solange es sich gut verkauft, wen kümmert es dann, wo es gebacken wird?" Killian schüttelte den Kopf.

„Ich habe ihnen sogar angeboten, dass ich bereit wäre, meine Arbeit hier aufzugeben und Vollzeit in der Bäckerei zu arbeiten." Sie zuckte mit den Schultern. „Aber sie haben gesagt, dass sie niemanden Vollzeit brauchen. Sie wollen meine Kuchen, aber nicht mich."

„Das ist doch Scheiße." Killian knurrte. „Und du möchtest nicht aufhören, ihnen Kuchen zu verkaufen, weil du das Geld brauchst, um es zu deiner Mutter zu schicken."

„Stimmt genau. Er ist sogar so weit gegangen, mir eine Gehaltserhöhung zu geben. Die Bezahlung ist gut. Und ich sollte es nicht ablehnen, nur weil ich zu stolz zu bin." Sie stellte die Kuchenschachteln in einer perfekten Reihe auf.

„So schlimm ist es wirklich nicht. Ich meine, ich darf immer noch Kuchen backen und tun, was ich am meisten liebe. Dafür bin ich dankbar."

„Aber es ist nicht fair. Die Kunden sollten wissen, dass du diejenige bist, die diese Kuchen backt." Er schüttelte den Kopf und ging auf und ab.

„Das Leben ist nicht fair." Sie streckte die Hand aus und berührte seinen Arm. „Ich werde meine Chance bekommen. Es wird eben noch eine Weile dauern."

Er drehte sich zu ihr und sah ihr in die Augen. „Du solltest aber nicht auf das warten müssen, was du wirklich willst." Er streckte die Hand aus und streichelte über ihre Wange.

Ihr Herz überschlug sich in ihrer Brust. Sie öffnete die Lippen und schnappte nach Luft, als seine Berührung einen Stromstoß durch ihren Körper sandte. Plötzlich verschwanden alle ihre Gedanken über Träume und Ziele im Nichts. Alles was blieb, war ihr Verlangen nach ihm.

Er neigte seinen Kopf und küsste sie. Die sanften Bewegungen seiner Lippen auf ihren wurden schnell fordernd. Sie öffnete ihren Mund und erlaubte ihm, den Kuss zu vertiefen.

Sie schob ihre Hände an seinen Armen hinauf und griff in sein langes Haar.

Als sie den Kuss unterbrach, starrte sie in seine dunklen Augen.

„Ich will nicht warten." Sie griff nach seiner Hand und zog ihn durch die Hintertür in die Nacht hinaus.

KAPITEL 15

*K*illians Herz schlug heftig in seiner Brust. Er ließ sich von Lilliana zu einer kleinen weißen Hütte hinter dem großen Herrenhaus führen.

Sie blieb an der Eingangstür stehen und kramte in ihrer Tasche nach einem Schlüssel. Er streckte die Hand aus.

„Normalerweise nehme ich keine fremden Männer mit in mein Bett." Sie drückte ihm den Schlüssel in die Hand.

Er lächelte. „Ich bin kein Fremder. Wir haben uns bereits … kennengelernt."

Er schob den Schlüssel ins Schloss und drehte ihn um. Der Schließmechanismus klickte. Dann öffnete er die Tür und ging zur Seite, sodass sie zuerst eintreten konnte.

Er folgte ihr, schloss die Tür und streckte seine Hand nach dem Lichtschalter aus.

„Nein. Kein Licht", sagte sie in der Dunkelheit.

„Aber ich möchte dich sehen." Er runzelte die Stirn. Er wollte jeden Zentimeter ihrer unglaublichen Schönheit sehen, damit er sie sich für den Rest seines Lebens einprägen konnte.

„Das wirst du auch", flüsterte sie und entzündete ein

Feuerzeug. Sie ging in dem kleinen Raum herum und zündete Kerzen auf dem Nachttisch, der Küchenzeile und dem Kaminsims an.

Er sah sich in ihrem Zimmer um. Die Wände waren weiß verputzt. Die Hartholzfußböden waren noch original und hatten den Kratzern nach zu urteilen schon vieles miterlebt. Das Himmelbett war antik. Darauf lagen eine flauschige, weiße Bettdecke und graue Kissen. In der Küchenzeile gab es einen kleinen Kühlschrank, eine Kochplatte und eine teure Kaffeemaschine. Der Kamin sah so aus, als wäre er noch im Originalzustand und als würde er auch funktionieren. Die kleine Tür an einer Wand führte in ein winziges Badezimmer. In der Nähe der gewölbten Scheiben eines Fensters, das den Garten überblickte, stand ein großer Sessel. An den Wänden hingen handgemalte Kunstwerke, die dem ansonsten weißen Raum etwas Farbe verliehen.

Es war ordentlich und doch gemütlich.

Killian trat hinter Lilliana und schlang seine Arme um ihre Taille. Sie seufzte und lehnte sich an ihn.

Er vergrub sein Gesicht in ihrer Halsbeuge. Sie griff nach seinen Händen und führte seine Handflächen an ihrem Bauch hinauf bis hoch zu ihren festen Brüsten.

Er rieb seine Erektion an ihrem Hintern. Mit den Daumen streichelte er in kleinen Kreisen über ihre vom BH verdeckten Brustwarzen. Wenn er daran dachte, sie zu schmecken, lief ihm das Wasser im Mund zusammen. Er wusste, dass sie so süß wäre, wie sie roch.

Sie drehte sich in seinen Armen um und sah im sanften Schein des Kerzenlichts aus wie ein verdammter Engel.

Sein Engel.

„Ich will jeden Zentimeter deiner Haut schmecken." Seine Stimme war schroff, als die Worte aus seinem Mund strömten.

Sie öffnete ihre Lippen und er verschwendete keine Zeit, seinen Mund auf ihren zu pressen.

Ihre heiße Zunge tanzte mit seiner und als sie an seiner Zunge saugte, knurrte er.

Sein menschliches Weibchen spielte mit dem Feuer.

Er unterbrach den Kuss und zog ihr das Oberteil über den Kopf. Er genoss den Anblick ihres rosafarbenen BHs und der harten Brustwarzen darunter, die sich seiner Berührung entgegenstreckten. Schnell öffnete er die Knöpfe und den Reißverschluss ihrer Jeans. Im Handumdrehen hatte er sie über ihre Hüften gezogen und auf den Boden geworfen.

„Du auch", forderte sie, als sie seine Jacke über seine Schultern schob und an seinem T-Shirt zerrte.

Er grinste und schob sanft ihre Hände weg. Er zog sich das T-Shirt über den Kopf und ließ es zu ihrer Jeans auf den Boden fallen. Als sie nach seinem Reißverschluss griff, hielt er sie nicht auf. Er schaute zu, wie sie seine Jeans öffnete und nach unten zog.

Sie errötete, als ihr seine Erektion regelrecht entgegensprang.

„Ich trage nicht gern Unterwäsche." Er zuckte mit den Schultern.

Sie lächelte und nahm ihn in die Hand. „Gut. Das macht das hier viel leichter." Sie ließ sich vor ihm auf die Knie fallen und saugte ihn in seiner ganzen Länge in den Mund.

KAPITEL 16

*L*illiana verwöhnte Killian mit ihrer Zunge und sah ihm dabei die ganze Zeit in die Augen.

Er war beeindruckend groß. Es war nicht so, dass sie vor ihm mit sonderlich vielen Männern zusammen gewesen war. Lust breitete sich tief in ihrem Unterleib aus und sie stellte sich vor, wie er sich tief in ihr anfühlen würde.

„Langsam. Es soll doch eine Weile dauern." Seine Stimme war schroff und befehlend, was sie sogar noch mehr erregte.

„Das gefällt dir wohl?" Sie leckte über die Seite seines dicken Schwanzes und ließ ihre Hand auf seiner Länge auf und ab gleiten.

„Ja." Er griff mit der Hand in ihr Haar.

Sie saugte ihn tief in ihren Mund und genoss den Geschmack seiner männlichen Erregung.

„Genug." Er entzog sich ihr und half ihr auf die Beine. „Jetzt bin ich an der Reihe, dich zu schmecken." Er presste seinen Mund auf ihren. Sie stöhnte unter dem köstlichen Übergriff seines Kusses.

Er fingerte am Verschluss ihres BHs herum und machte sich schnell daran, sie komplett auszuziehen. Er ließ seine großen Hände zu ihren Hüften gleiten, schob seine Daumen an beiden Seiten in ihr Höschen und zog das Spitzenmaterial in einem Zug zum Boden hinunter. Geschickt hob er sie in seine muskulösen Arme und ging mit ihr zum Bett hinüber, wo er sie sanft hinlegte.

Er kroch zwischen ihre Beine, wie ein Löwe der sich an seine Beute heranpirschte. Er schenkte ihr ein letztes glühend heißes Lächeln, bevor er sein Gesicht zwischen ihren Schenkeln vergrub.

„Oh Gott." Sie streckte sich seinem Gesicht entgegen, als seine Zunge über ihre feuchte Mitte glitt. Er bewegte seine Zunge langsam, bedächtig und zielstrebig.

„Du schmeckst besser als jeder Kuchen, den ich je gegessen habe." Er stöhnte. Als er an ihrer Muschi leckte und saugte, keuchte er vor Wonne über sein Festmahl.

„Killian." Sie hauchte seinen Namen, als die Lustgefühle zwischen ihren Beinen immer überwältigender wurden. Ihr Orgasmus überrollte sie wie eine Flutwelle und riss sie mit sich, bis sie krampfhaft zuckte und ihre Finger in seinem Haar vergrub.

Als ihr Körper aufhörte zu zittern, rutschte Killian nach oben und positionierte seinen Schwanz an ihrem heißen Eingang. Sie umschloss sein Gesicht mit ihren Händen und zog ihn zu einem Kuss an sich.

„Du hast ein Kondom, oder nicht?"

Er runzelte die Stirn. „Ein Kondom?"

„Ja." So sehr sie ihn auch begehrte, sie war nicht bereit, Mutter zu werden. Sie griff hinüber und wühlte in ihrer Nachttischschublade herum. Dann zog sie eine ungeöffnete Schachtel Kondome heraus und reichte ihm eins.

Er seufzte und rollte das Kondom gehorsam über seine Erektion. Dann strich er ihr das Haar aus dem Gesicht und küsste sie.

Sie konnte ihre eigene Lust auf seiner Zunge schmecken und zog ihn nah an sich.

„Du bist so verdammt wunderschön." Er schaute ihr in die Augen. Etwas in ihrer Brust zog sich zusammen und sie versuchte sich einzureden, dass es nur an dem körperlichen Vergnügen lag, das sie miteinander teilten.

Aber sie war nicht dumm.

Sie wusste es besser.

Sie begann, Gefühle für Killian zu entwickeln.

Er glitt in ihren Körper und sie erschauderte vor Begierde. „Du fühlst dich so gut an", flüsterte er. „Du fühlst dich perfekt an."

Sie schlang ihre Arme um seine breiten Schultern und hielt sich an ihm fest, als er seinen Körper rhythmisch in ihren stieß.

Stoß um Stoß krümmte sie sich ihm entgegen. Sie bewegten ihre schweißgebadeten Körper im Einklang miteinander und kämpften beide darum, länger durchzuhalten, um sich der Lust noch nicht völlig hinzugeben.

Sie wollte, dass es andauerte. Sie brauchte es.

Sie wollte sich jeden Moment mit ihm einprägen, damit sie sich später im Alter daran erinnern konnte, wie sie einst ihr Herz an einen Fremden verloren hatte.

„Lilliana." Er sah ihr in die Augen. Sie zitterte, als ein weiterer Orgasmus über sie hereinbrach. Er hielt sie ganz fest, bis er seine eigene Erlösung fand und seinen Samen tief in ihr verschüttete.

Er drehte sich mit ihr um und zog sie auf seine Brust. So lagen sie mehrere Minuten lang regungslos dort. Berührten und spürten sich und gaben sich stille Versprechen, ohne ein einziges Wort zu sagen.

KAPITEL 17

*K*illian erwachte zu Sonnenstrahlen, die durch das Fenster einer winzigen Hütte schienen. Er runzelte die Stirn und lächelte, als er sich erinnerte, wo er sich befand.

Er hatte die Nacht mit Lilliana verbracht. In ihrem Bett. In ihrem Körper.

Ein breites zufriedenes Grinsen umschmeichelte seine Lippen. Er drehte sich um, um sie in seine Arme zu ziehen. Dann erstarrte er. Das Bett war leer.

Auf dem Kissen lag stattdessen ein Zettel mit seinem Namen.

Er setzte sich auf und griff nach dem Papier.

Killian, ich musste los, um das Frühstück für die Monmouth Gäste zuzubereiten. Danach werde ich meine Kuchen ausliefern fahren. Neben der Kaffeemaschine liegen ein paar Zimtschnecken für dich.

Xoxo

Lilliana.

XOXO? Bedeutete das, dass sie ihn liebte? Oder waren es

nur Umarmungen und Küsse? Grüßte sie jeden so oder wollte sie ihm damit sagen, dass sie mehr für ihn empfand?

„Mann. Jetzt hör bloß mal auf so ein Weichei zu sein, Killian." Er riss die Decke zurück und schnappte sich seine Jeans vom Fußboden. Er schob seine Beine hinein und zog sie hoch, machte sich jedoch nicht die Mühe, den Reißverschluss zu schließen.

Schnell ging er zu der Kanne mit frischgekochtem Kaffee und lächelte, als er den großen Teller süßer Leckereien entdeckte, der dort auf ihn wartete.

„Sex und Süßigkeiten. Die zwei Dinge, die ich am meisten liebe." Fröhlich goss er sich einen Kaffee ein und griff nach dem Teller. Er schlenderte zu dem gemütlichen Sessel hinüber, setzte sich und begann, die Zimtschnecken zu verschlingen.

Er warf einen Blick auf den Wecker auf dem Nachttisch. Es war fast neun Uhr. Normalerweise schlief er nicht solange, aber er hatte Sex gehabt, bis sich die ersten Sonnenstrahlen am Horizont gezeigt hatten.

Er grinste, als er sich an die Nacht erinnerte.

Lilliana war genauso wunderschön und sexy gewesen, wie er es sich vorgestellt hatte. Sie schien so im Einklang mit dem zu sein, was er sich wünschte. Sie hatte alles getan, was ihn erregte, und noch mehr. Der Anzahl der Orgasmen nach zu urteilen, die er ihr beschert hatte, hatte auch er sie befriedigt. Weil er ein Werwolf war, benutzte er normalerweise keine Kondome. Werwölfe konnten Menschen nicht schwängern und übertrugen auch keine ansteckenden Geschlechtskrankheiten.

Aber letzte Nacht hatte es ihm nichts ausgemacht. Solange er sie haben konnte.

Er stellte den leeren Teller ab und griff nach seiner Tasse. Er genoss den Duft des Zichorienkaffees und schaute aus dem Fenster.

Der Garten war leer und die einzigen Bewegungen, die er draußen erkennen konnte, stammten von den Stockenten und kanadischen Gänsen, die in die Richtung des kleinen Teiches watschelten und wahrscheinlich nach Futter suchten.

Monmouth war wirklich wunderschön. Es war der perfekte romantische Ort für ein Wochenende oder eine Hochzeitsreise.

Er rieb sich mit der Hand über sein Kinn. War Lilliana bereits losgefahren, um ihre Kuchen auszuliefern? Er wusste, dass das Frühstück inzwischen beendet wäre. Wahrscheinlich wäre sie, sobald sie mit der Zubereitung des Frühstücks fertig gewesen war, sofort losgefahren, um die Kuchen auszuliefern.

Er hatte ihr gestern Abend beim Backen der Kuchen zugesehen und sich sogar die Freiheit genommen, den Teig zu kosten. Er schmeckte wunderbar. Überhaupt nicht bitter.

Es hatte ihn überzeugt. Die Bäckerei hatte versehentlich ein Reinigungsmittel in der Nähe des Kuchens versprüht und deshalb hatte er so übel geschmeckt.

Er griff nach seiner Kaffeetasse und spülte sie im Waschbecken aus. Da er technisch gesehen noch immer Nachforschungen in der Natchez Bäckerei anstellen musste, würde er sich duschen und dorthin zurückfahren.

KAPITEL 18

„*I*ch glaube, das ist zu viel Geld." Lilliana starrte das Bündel Geldscheine, das in den weißen Umschlag gestopft war, mit gerunzelter Stirn an. Sie blätterte mit dem Daumen durch die Scheine und zählte sie erneut.

„Das ist eine Premiere. Eine Frau, die kein Geld mag." Emmett schniefte und schob sich die Brille auf die übergroße Nase.

Sie knirschte mit den Zähnen und starrte ihn an. „Es geht nicht darum, kein Geld zu mögen. Ich mag Geld sehr gern. Es geht darum, dass Sie mir zu viel bezahlen. Sie haben mir bereits eine Lohnerhöhung gegeben und jetzt auch noch das." Sie streckte ihm den Umschlag entgegen. „Das hier ist das Vierfache dessen, was ich normalerweise bekomme."

„Ja, ich weiß." Er stand von seinem Schreibtisch auf und ging zur Tür herum. Er streckte kurz den Kopf hinaus und schloss sie dann.

Unbehagen machte sich auf ihrem Rücken breit.

Sie mochte das Gefühl nicht, das er ihr vermittelte. Sie stand auf und drehte sich zu ihm um.

„Was machen Sie da?"

Er schluckte nervös und setzte sich wieder.

„Es ist diese Woche mehr Geld, weil ich mehr Kolibri-Kuchen brauche."

„Wie viele mehr?" Sie zog es vor zu stehen.

„Ich brauche ungefähr zwanzig. Jeden Tag."

„Zwanzig? Ich kann keine zwanzig Kuchen pro Tag backen, sie dekorieren und zusätzlich auch noch in Monmouth kochen." Sie warf ihm einen ungläubigen Blick zu.

„Wie wäre es, wenn wir sie dekorieren? Das können wir hier selbst machen. Es ist ja nur Glasur." Er zuckte mit den Schultern.

Sie zuckte zusammen. „Es ist nicht nur Glasur." Und die Kuchen waren mehr als nur Fließbandtorten. Sie waren ihre Eigenkreation.

„Lilliana. Der Betrag, den Sie in Ihrer Hand halten, ist der Geldbetrag, den Sie jeden Tag erhalten würden. Berücksichtigen Sie das, bevor Ihr Künstlerherz Ihrem gesunden Menschenverstand in die Quere kommt."

„Jeden Tag?" Sie riss ihre Augen weit auf.

„Ja. Jeden Tag." Er grinste.

Sie schaute erneut in den Umschlag. Wenn sie ein paar Monate lang jeden Tag so viele Kuchen produzieren könnte, hätte sie genügend Geld, um ihrer Mutter alles zurückzuzahlen. Verdammt, sie könnte sogar ausreichend Geld verdienen, um ihr eigenes kleines Geschäft zu gründen und eine Bäckerei zu eröffnen.

„Was sagen Sie?"

„Also gut. Ich werde es machen." Sie nickte. „Aber wenn ich zwanzig Kuchen pro Tag backe, möchte ich das Rezept für die Glasur sehen, die Sie verwenden wollen."

„Gut." Er schüttelte den Kopf und ging zur Tür. „Ich komme sofort mit dem Rezept wieder."

Sie drehte sich um und setzte sich auf den Stuhl, während sie noch immer das Geld in ihrer Hand anstarrte.

Ihr Verstand schrie sie an, dass dies leichtverdientes Geld wäre. Doch dann fiel ihr wieder ein, dass es so etwas wie leichtverdientes Geld nicht gab. Zwanzig Kuchen pro Tag zu backen, würde ihre gesamte Zeit in Anspruch nehmen. Von morgens bis Mitternacht, würde sie, wann immer sie nicht für Monmouth kochte, in der Küche stehen und Kuchen backen. Sie riss einen Zettel von Emmetts Notizblock und kritzelte die Menge an Zutaten darauf, die sie für die Kuchenproduktion für den Rest der Woche benötigen würde.

„Hier, bitte schön." Mr. Reece hielt ihr eine Rezeptkarte hin, die auch schon mal bessere Tage gesehen hatte. Sie war ganz vergilbt und mit etwas bespritzt, das wie geschmolzene Butter und Puderzucker aussah.

„Es ist ein Frischkäserezept", sagte sie.

„Genau das, was Sie für ihre Kolibri-Kuchen verwenden." Er verschränkte die Arme und lächelte.

„Ja. Das stimmt." Sie stand auf und griff nach ihrer Handtasche.

„Also haben wir eine Abmachung?", fragte er.

„Zwanzig Kuchen pro Tag ist eine riesige Menge. Und um ehrlich zu sein, kann ich so viele Leute gar nicht in die Bäckerei kommen sehen." Sie schaute zu Boden.

„Das liegt daran, dass die meisten unserer Kunden normalerweise vor der Mittagszeit hereinkommen." Er neigte den Kopf. „Ganz zu schweigen davon, dass wir jetzt in großem Umfang an verschiedene Unternehmen liefern. Wir haben eine große Menge Anfragen für Catering erhalten. Und Ihr Kolibri-Kuchen ist die begehrteste Torte von allen." Er zuckte mit den Schultern. „Lilliana, ich bin kein Dummkopf. Ihre Torten bringen mir viel Geld ein. Und ich bin bereit, Geld zu bezahlen, damit der Umsatz und die

Geschäfte weiterlaufen. Außerdem werde ich auch nicht jünger. In etwa drei Jahren werde ich die Bäckerei verkaufen. Und ich würde es sehr gern sehen, wenn jemand mit Talent und Begeisterung für das Backen sie kaufen würde." Er zog die Augenbrauen hoch.

Sie riss ihren Kopf herum. „Wirklich? Aber ich dachte immer, Sie könnten sich kaum über Wasser halten ..."

„Ja, nun, jedes Geschäft erlebt Höhen und Tiefen. Im Moment läuft es gut. Und ich profitiere von Ihren Backkünsten." Er streckte ihr die Hand entgegen. „Ich sage Ihnen etwas. Ich gebe Ihnen samstags und sonntags frei. Backen Sie die Kuchen von Montag bis Freitag. Was sagen Sie?"

Sie starrte auf seine Hand. Der Drang sie zu schütteln war überwältigend. Sie hatte ihr ganzes Leben kämpfen müssen. Während andere Menschen stets mit Leichtigkeit alles bekamen, was sie wollten, war es ihr nicht so ergangen. Für sie war immer alles ein Kampf gewesen.

Vielleicht, nur vielleicht, zahlte sich ihr Karma jetzt aus.

Sie atmete tief durch und schüttelte Mr. Emmett Reece schließlich die Hand. Seine Haut war eiskalt. Sie musste sich selbst daran erinnern, dass dies nur so war, weil er so dünn war. Und das es nicht etwa daran lag, dass sie instinktiv ahnte, es ginge bei diesem Geschäft um mehr als nur Kuchen.

„Emmett, so wie es aussieht, kommen wir ins Geschäft. Mit freien Samstagen und Sonntagen." Sie sah ihm in die Augen.

„Gut, gut." Er sah recht selbstzufrieden aus und öffnete ihr die Tür. „Und vergessen Sie nicht, dass Sie sich nicht um die Glasur kümmern müssen. Das erledigen wir hier."

„Verstanden", murmelte sie vor sich hin. Sie verließ das Büro und ging durch den Flur. Normalerweise kam und ging sie durch die Hintertür. Aber heute bog sie in die andere Richtung ab und ging in den Ladenbereich der Bäckerei.

Vor der Glasvitrine standen nur zwei Menschen. Eine davon war eine ältere Dame, die eine große schwarze Handtasche bei sich trug. Der andere war ein großer, stämmiger Mann in einem karierten Holzfällerhemd und einer abgetragenen Jeans. Er trug einen ungepflegten roten Bart und sah schmutzig aus.

Aber es war sein Geruch, der Lilliana auffiel.

Sie zuckte zusammen und trat einen Schritt zurück. Er stank zum Himmel.

Sie beobachtete, wie einer der Angestellten zum Tresen kam, um ihn zu bedienen, wobei er die alte Frau völlig ignorierte.

Sie tat so, als würde sie sich die Törtchen ansehen.

„Ich zahle gutes Geld, um hier bedient zu werden, aber diesem Kerl wird mehr Aufmerksamkeit geschenkt als mir." Die alte Frau zog ein Spitzentaschentuch aus ihrer Tasche und tupfte sich die Nase ab. „Und sein Gestank. Großer Gott."

„Vielleicht wird er zuerst bedient, damit er schneller wieder verschwindet." Lilliana zuckte mit den Schultern.

„Nun, es ist nicht das erste Mal, dass ich wegen eines stinkenden Mannes übergangen werde." Sie warf Lilliana einen Blick zu. „Ich überlege, demnächst woanders einkaufen zu gehen."

„Warum kommen Sie denn immer wieder hierher?" Lilliana lächelte die Frau strahlend an. „Ist es der Kolibri-Kuchen?"

„Der?" Die Augen der Frau verengten sich zu dünnen Schlitzen. „Davon verkaufen sie mir noch nicht einmal ein kleines Stückchen. Sie sagen immer, dass die Kuchen von irgendeinem Geschäft vorbestellt wurden. Es macht mich so wütend, dass ich spucken könnte."

„Sie haben ihn noch nie probiert? Ich habe gehört, dass er

wirklich gut sein soll." Lilliana blinzelte die Frau unter ihren langen Wimpern an.

„So muss es wohl sein. Aber ich werde es wohl nie erfahren." Die Frau verschränkte die Arme.

Lilliana lächelte vor sich hin. „Ich bin Lilliana." Sie streckte ihre Hand aus. Die alte Frau schüttelte sie und zwang sich zu lächeln. „Ich bin Edith." Sie sah an Lilliana auf und ab und nickte. „Lilliana, das gefällt mir. Es ist ein guter, bodenständiger Name. Ein älterer Name. Keine dieser neuen Modeerscheinungen. Sie sollten Ihrer Mutter für ihre Weisheit danken, Ihnen einen Namen gegeben zu haben, der etwas bedeutet. Lilliana ist Latein und bedeutet Lilie. Diese Blume ist ein Symbol der Unschuld und Reinheit, aber auch der Schönheit" Edith nickte. „Ihre Mutter ist ein kluges Köpfchen."

Lilliana grinste breit. „Das denke ich auch. Sie hat mich allein aufgezogen."

„Oh. Gibt es denn keinen Vater auf der Bildfläche?" Edith schüttelte den Kopf.

„Er ist gestorben, als ich noch klein war. Sie sagte immer, er wäre die Liebe ihres Lebens gewesen. Sie hat nie wieder geheiratet."

„Kluge Frau. Ein Mann reicht aus." Sie tätschelte Lilliana die Hand. „Ich sollte es wissen. Ich war vier Mal verheiratet." Sie kniff die Augen zusammen.

„Vier Mal?"

„Ja, und der Einzige, der einen Streich wert war, war der Erste. Ich hätte ihn behalten sollen. Stattdessen kam mir mein Stolz in den Weg." Sie kramte in ihrer Tasche herum und wandte den Blick ab.

„Wie meinen Sie das?" Lilliana musterte ihre neue Freundin. In den Augen der alten Frau lag eine Traurigkeit, die Lillianas Herz schwer werden ließ.

„Sehen Sie, ich dachte, er würde mir nicht genügend Aufmerksamkeit schenken. Ich war eifersüchtig auf seine Arbeit. Er reiste viel und ich war besorgt, dass er eine Affäre mit einer anderen Frau haben könnte." Sie schüttelte ihren ergrauten Kopf. „Meine Gedanken sind mit mir durchgegangen. Und mein Stolz. Eines Abends kam er nach einer langen Arbeitswoche nach Hause und ich habe einen Streit angefangen." Sie wischte sich die Augen ab. „Ich wusste es einfach nicht besser. Ich war jung und unsicher. In dieser Nacht warf ich ihn raus und ein Jahr später wurden wir geschieden." Sie sah Lilliana mit Entschlossenheit in ihren grauen Augen an. „Lassen Sie sich dies eine Lehre sein, Schätzchen. Wenn Sie Liebe finden, halten Sie sie mit beiden Händen fest, bis Ihnen die Finger bluten. Lassen Sie sie nicht los. Nicht einmal für eine Sekunde. Denn die Dinge ändern sich von einem Moment auf den anderen."

Lilliana streckte die Hand aus und berührte den faltigen Arm der Frau. „Es tut mir leid." Mehr Worte fielen ihr nicht ein.

Edith lächelte und tätschelte Lilliana die Hand. „Das ist jetzt alles Schnee von gestern. Ich habe gelernt, in der Gegenwart zu leben. Ich musste drei Ehemänner begraben und habe eine Familie aufgezogen. Ich habe gute Zeiten gesehen und schlechte Zeiten erlebt. Ich bin eine sehr alte Frau und meine Schönheit ist verblasst. Aber ich weiß eines. Es ist schwer einen Mann mit gutem Herz zu finden." Sie nickte.

„Sie sagten, Sie hätten drei Ehemänner begraben." Lilliana sah die Frau an. „Lebt Ihr erster Ehemann denn noch?"

Ein leichtes Lächeln huschte über das Gesicht der Frau. „Woher wussten Sie das?"

„Weil in Ihnen immer noch Leben steckt."

Die Frau riss ihren Blick zu ihr herum und sah sie mit

großen Augen an, so als hätte Lilliana all ihre Geheimnisse aufgedeckt.

„Und weil noch immer Leben durch Ihre Adern fließt, sollten Sie es sich zur Mission machen, es auch zu leben." Lilliana hob das Gesicht.

Das Kinn der alten Frau bebte. „Was ist, wenn er tot ist oder Schlimmeres?"

„Glücklich verheiratet?" Sie runzelte die Stirn.

Edith nickte.

„Was, wenn er weder tot noch glücklich ist? Was wäre, wenn er mit Bedauern lebt und jeden Tag nur an Sie denkt? Das Leben ist zu kurz, um sich mit ‚was wäre, wenn' zu verzetteln."

„Sie haben recht." Edith sah sie mit zusammengekniffenen Augen an. „Was macht Sie in so jungen Jahren zu einer solchen Expertin? Sie können noch keine dreißig sein."

„Nein, das bin ich nicht. Aber weil ich von einer alleinerziehenden Mutter großgezogen wurde, musste ich schneller erwachsen werden. Und ich hatte das Glück, mit ganz viel Liebe aufzuwachsen. Auch wenn wir sonst nicht viel hatten." Etwas in Lilliana wurde warm und gab ihr Hoffnung.

„Wissen Sie was, meine Liebe?" Edith zwinkerte ihr zu. „Sie werden Liebe finden. Und sie wird sie einfach überrollen. Sie werden eine Mauer bauen und ihn von sich fernhalten wollen. Tun Sie es nicht. Wirklich nicht. Liebe kommt nur ein Mal im Leben. Packen Sie ihn und halten Sie ihn fest – mit allem, was in Ihnen steckt."

Lillianas Herz überschlug sich in ihrer Brust. Sie nickte.

„Gut. Wenn Sie das tun, wird es Ihnen gut ergehen." Ediths Lächeln verblasste, als sie den Bäckereiangestellten anfunkelte. „Ich glaube, ich gehe lieber in eine andere Bäckerei in der Stadt, da diese hier es anscheinend nicht nötig hat, ihre Kunden zu behalten."

Edith schob sich die Handtasche über die Schulter und hob ihr Kinn in die Luft, als sie zur Ladentür ging.

Lilliana sah ihr nach, als Edith das Geschäft verließ. Sie war mehr auf die weisen Worte der alten Frau konzentriert als auf den schlechten Kundenservice der Natchez Bäckerei.

KAPITEL 19

*K*illian starrte misstrauisch auf sein klingelndes Mobiltelefon.

Barrett.

„Hallo?" Er stellte den Motor ab und drückte den Ständer seiner Harley-Davidson hinunter. Er war gerade rechtzeitig an der Natchez Bäckerei angekommen, um Lilliana aus der Ladentür kommen zu sehen.

Er wollte sie einholen, aber dann rief Barrett an.

„Irgendwelche Neuigkeiten?" Barretts ungeduldiger Ton zwang Killian, sich auf seine Mission zu konzentrieren, anstatt Lilliana im Weggehen hinterherzuschauen.

„Ich bin nachts in die Bäckerei eingebrochen und habe mir das Büro angesehen. Ich konnte nichts Ungewöhnliches finden. Nur ein paar Papiere und Quittungen von Kunden." Er kratzte sich das Ohr und runzelte die Stirn. „Ich fand allerdings einen Schlüssel, der in einer Schublade eingeschlossen war, konnte jedoch nicht herausfinden, wozu er gehörte."

„Das reicht mir nicht. Der Meth-Verkauf in Mississippi

ist angestiegen. Es fängt auch an, nach Louisiana durchzusickern. Ich will diese Scheiße nicht in meinem Bundesstaat haben."

„Verstanden." Killian seufzte. „Ich kann heute Abend noch mal reingehen und den Laden noch einmal durchsuchen. Vielleicht finde ich etwas, das ich gestern übersehen habe."

„Mach das. Und halte mich auf dem Laufenden." Barrett legte auf.

„Nicht sonderlich gesprächig, wie ich sehe", murmelte Killian zu dem Telefon in seiner Hand. Er stieg vom Motorrad ab und musterte das große Gebäude vor sich.

Es gab in dem Geschäft nicht viel Publikumsverkehr. Und die Leute, die er gesehen hatte, waren eine seltsame Kombination. Es waren entweder alte Frauen, die so aussahen, als wären sie für die Kirche gekleidet, oder tätowierte Männer, die so wirkten, als hätten sie noch nie eine Kirche von innen gesehen.

Irgendwie so wie er selbst.

Er ging in Richtung Bäckerei. Wenn er schon hier war und Lilliana den Laden bereits verlassen hatte, könnte er genauso gut hineingehen und noch einen Kolibri-Kuchen kaufen.

Wenn der Kuchen auch schlecht wäre, würde er es ihr sagen müssen. Er wollte, dass sie Erfolg hatte. Und sollte jemand einen ihrer Kuchen kaufen, der versaut worden war, wäre dies für ihre Karriere nicht förderlich.

Er öffnete die Ladentür und trat ein.

Das Geschäft war praktisch leer, bis auf einen Mann in einer ledernen Motorradjacke, der vor der Vitrine stand. Er hatte schwarzes Haar und war gebaut wie ein Panzer.

Außerdem beäugte er Lillianas Kolibri-Kuchen ebenfalls mit größtem Interesse.

Killian stellte sich neben ihn und schob seine Hände in

die Taschen seiner Jeans. „Den Kuchen wollte ich gerade kaufen." Er deutete auf die Auslage.

Der große Kerl schnaubte. „Ja. Kommt gar nicht in Frage. Das ist meiner."

„Wirklich?" Killian unterdrückte ein Grinsen. „Du musst diesen Kuchen hier schon mal gekauft haben."

Der Typ drehte sich zu Killian um und sah ihn mit zusammengekniffenen Augen an. „Warum würdest du so etwas sagen?" Er sah Killian von oben bis unten an, als würde er herausfinden wollen, ob er irgendwelche Hintergedanken hatte.

„Kein besonderer Grund." Killian zuckte mit den Schultern. „Ich habe nur gehört, dass die Kolibri-Kuchen hier gut sein sollen. Da dachte ich mir, ich schaue mal rein und kaufe mir einen."

Der große Typ neigte den Kopf. „Nein. Diese Kuchen willst du nicht. Nicht von hier."

„Warum nicht?" Killian zog die Hände aus den Taschen. „Was stimmt mit ihnen nicht?" Hatte der Typ etwas gehört?

„Du kannst hier keinen Kolibri-Kuchen kaufen, weil sie alle ausverkauft sind. Monate im Voraus." Der Typ drehte sich wieder zum Tresen um und schüttelte den Kopf. „Außerdem siehst du eher wie ein Twinkie-Kuchen-Typ aus."

Irgendetwas an der Art, wie sich dieser Typ gab und wie er sprach, ließ Killians Instinkte alarmschlagen.

Er hatte das Gefühl, sie würden nicht länger über Kuchen sprechen.

„Nun, ich habe gehört, diese Kolibri-Kuchen wären besonders gut und dass es die besten hier gibt", er tippte mit dem Finger auf die Glasvitrine, „in der Natchez Bäckerei."

Der Typ drehte sich um und grinste. Er nickte mit dem Kopf. „Aha, ich verstehe. Du musst einer von den neuen Typen sein." Er zuckte mit den Schultern. „Mir wurde nicht gesagt, dass die Neuen bei der Abholung und Verteilung helfen sollen."

Killian verschränkte die Arme. Wovon auch immer dieser Typ redete, es klang schwer nach Drogenhandel.

„Ich wurde in letzter Minute angeheuert", log er.

„Überrascht mich nicht." Der Typ streckte seine Hand aus. „Ich bin John."

Killian schüttelte sie. „Killian." Es kam einfach so heraus und er fragte sich sofort, ob er ihm einen Decknamen hätte geben sollen. Dem Geruch des Kerls nach zu urteilen war er ein Mensch und kein Werwolf. Also war er sich ziemlich sicher, dass John nicht wusste, wer die Louisiana-Attentäter waren.

„Ich schätze, Walter hat dich angeheuert, weil wir mehr Kuchen bestellen mussten." John deutete auf die Auslage.

„Ja." Killian achtete darauf, seinen Gesichtsausdruck neutral zu halten. „Viel mehr Kuchen bedeutet viel mehr Helfer."

„Es bedeutet, mehr Ware zu transportieren." John schaute finster. „Man sollte doch meinen, sie hätten sich eine einfachere Methode ausdenken können, um Drogen zu schmuggeln, als sie in Kuchen zu verstecken."

Es drehte Killian den Magen um. Sie in Kuchen zu verstecken? Scheiße. Barrett hatte über die Bäckerei recht gehabt. Er erinnerte sich plötzlich daran, wie er in Monmouth in den Kolibri-Kuchen gebissen hatte.

Ihm war aufgefallen, wie schlecht er geschmeckt hatte. Außerdem hatte er die dunkle, gelbe Verfärbung an dem Stück bemerkt, in das er gebissen hatte. Er hatte es zunächst auf die Bananen geschoben, die im Teig verarbeitet worden waren, aber wenn er jetzt daran zurückdachte, fragte er sich, ob es Meth gewesen sein könnte.

Lillianas Kolibri-Kuchen.

War sie ein Mitglied dieses Drogenrings?

Sein Magen rutschte ihm in die Kniekehlen und ihm wurde schlecht.

„Ich bin froh, dass sie noch jemand Neues angeheuert haben. Neulich haben wir einen Kuchen verloren, als der Besitzer ihn an einen Unbekannten verkauft hat." John schüttelte den Kopf. „Diese Scheiße hätte ganz schön nach hinten losgehen können. Der Besitzer hat dafür einen Haufen Ärger bekommen." John lachte.

Die Tatsache, dass er den Kuchen ausgespuckt hatte, war wahrscheinlich einer der Gründe dafür gewesen, warum ihm nach dem Verzehr nicht übel geworden war.

Und ein Wolf zu sein hatte eine Vielzahl von Vorteilen.

„Daran zweifle ich nicht." Killian schaute den Menschen mit zusammengekniffenen Augen an.

„Von jetzt an weiß der Besitzer Bescheid, dass er die Kuchen nur noch an mich zu verkaufen hat und an niemanden sonst." John nickte.

„Also was ist, hast du einen Lieferwagen hier, um den Mist aufzuladen?"

„Ja." John grub die Schlüssel aus seiner Hosentasche und warf sie Killian zu, der sie in der Luft auffing. „Ich habe hinterm Haus geparkt. Da wir heute mehrere Kuchen abholen, werden wir einfach anfangen, sie hinten aufzuladen anstatt vorne. Sodass wir keine Aufmerksamkeit darauf lenken, was hier vor sich geht."

„Es wäre das Letzte, was wir brauchen." Killian hörte ein Geräusch in der Küche und Stimmen wurden lauter. Eine davon war die des Besitzers, der ihm neulich den Kuchen verkauft hatte. Würde er Killian entdecken, könnte er ihn auffliegen lassen. „Ich geh zum Transporter raus." Er verließ den Laden durch die Vordertür, gerade als der Besitzer aus der Küche kam.

Killian achtete darauf, die Hände in den Taschen und den

Kopf nach unten gesenkt zu halten, als er den Bürgersteig entlang und um die Gebäudeecke lief.

Er blieb stehen, als er den weißen Lieferwagen sah, der dahinter geparkt war. Er schob den Schlüssel ins Schloss und entriegelte das Fahrzeug.

Bevor er sich auf den Fahrersitz setzte, sah er sich um. Im Innenraum lagen überall Fast Food Verpackungen auf dem Boden herum. Er zuckte zusammen, als ihm der abgestandene Geruch alter Zigaretten auffiel.

Ein rotes Feuerzeug lag in der Konsole, daneben ein paar Kaugummis und eine Visitenkarte.

Er griff nach der Karte. Das Triple X, der Strip-Klub in Memphis.

Er merkte sich, was auf der Karte stand, und legte sie zurück, als sich die Hintertür der Bäckerei öffnete.

John und der Besitzer standen auf der Treppe und unterhielten sich angeregt.

Auf dem Beifahrersitz entdeckte Killian eine Baseballkappe der St. Louis Cardinals und setzte sie sich schnell auf.

Er wollte nicht riskieren, dass der Besitzer ihn als den Kerl identifizierte, dem er zuvor den Kuchen verkauft hatte.

„Hey Killian", brüllte John, als der Besitzer zurück ins Gebäude ging. „Fahr den Wagen rückwärts ran, damit wir die Kuchen aufladen können."

Killian nickte und ließ den Wagen an. Er brachte den Transporter an der Hintertür in Position und glitt aus dem Fahrersitz. Er ging um das Fahrzeug herum und öffnete die Türen zur Ladefläche. John rollte einen Wagen auf Rädern an den Transporter heran. Killian schaute sich im Bereich hinter dem Mann um und vergewisserte sich, dass der Besitzer noch immer im Gebäude war.

„Lade die Kuchen ein, während ich das Geld reinbringe." John griff in den hinteren Teil des Wagens und zog einen großen, schwarzen Rucksack heraus. Er öffnete den Reißverschluss und zeigte Killian die Stapel gebündelter Hundert-Dollar-Scheine. „Es ist verrückt, wie viel die Leute für Drogen bezahlen. Ich persönlich bevorzuge Scotch." John grinste und warf sich den Rucksack über die Schulter.

Killian beobachtete, wie John zurück in die Natchez Bäckerei eilte.

Schnell lud er die Kuchen auf die Ladefläche des Wagens und zog sein Handy heraus. Er machte ein Foto von den Kuchen und trat zurück, um auch das Nummernschild zu fotografieren. Er warf einen Blick über seine Schulter und vergewisserte sich, dass er allein war, bevor er die Information an Barrett weiterschickte.

Sein Finger erstarrte. Er änderte seine Meinung und schickte die Fotos doch nicht.

Es gelang ihm, sein Handy wieder in die Jeanstasche zu schieben, bevor John das Gebäude verließ.

„Fährst du mit mir zurück?", fragte John.

„Noch nicht. Ich muss mich erst noch um eine andere Angelegenheit kümmern." Er grinste. „Sagen wir einfach, ich habe mehr als einen Boss."

„Ja. In diesem Geschäft muss man das." John nickte und stieg in den Transporter.

Killian sah zu, wie sich der Wagen entfernte, beladen mit Kuchen und Drogen. Er warf die Baseballkappe in den Dreck.

Dann machte er sich auf den Weg zurück zu seiner Harley und ließ den Motor an. Er bog auf die Straße ab und fuhr dem Lieferwagen hinterher. Er holte schnell auf.

Sein Telefon klingelte und er wusste, dass es Barrett war, der ihn zurückrief. Aber er konnte jetzt nicht antworten. Er musste dem Transporter dorthin folgen, wo die Drogendealer die Drogen weiterverteilten.

Dies war seine Gelegenheit, Barrett zu zeigen, dass er

nicht faul, sondern ein nützliches Mitglied des Rudels war. Dies war seine Chance, seinen Wert zu beweisen.

Sobald er alle Antworten hatte, würde er sich bei seinem Rudelführer melden.

Und dann würde er sich um Lilliana kümmern.

KAPITEL 20

*G*lücklicherweise musste Lilliana an diesem Abend kein Abendessen kochen. Viele der Gäste hatten ausgecheckt und Mrs. Spell hatte entschieden, dass es sich nicht lohnte, für so wenige Leute zu kochen.

Für sie passte es perfekt. Tatsächlich gab es ihr die Gelegenheit, mit dem Backen der Kuchen für die Bäckerei zu beginnen. Sie hatte bereits alle Zutaten eingekauft, die sie benötigte, also musste sie nur noch anfangen.

Sie griff nach der rosa-weiß-gestreiften Schürze und band sie sich um die Taille. Dann steckte sie ihr langes Haar zu einem lockeren Knoten hoch und wusch sich die Hände. Als sie alle Kuchenformen zusammengesammelt hatte, die sie finden konnte, fettete sie sie mit Kokosnussöl ein.

Sie füllte den Teekessel mit frischem Wasser, stellte ihn auf den Herd und drehte die Flamme auf. Sobald sie ihre ersten Kuchen im Ofen und die nächste Ladung Teig gemischt hätte, würde sie sich eine Tasse Tee gönnen.

Sie lächelte, als sie die ersten Kuchen in den Ofen schob. Nachdem sie die Küchenuhr eingestellt hatte, machte sie sich daran, die nächste Portion Teig zu mischen.

Zum ersten Mal seit sehr langer Zeit hatte sie das Gefühl, alles im Griff zu haben.

Zum ersten Mal seit einer Weile war sie nicht diejenige, die kämpfen musste.

Das Schicksal stand endlich auf ihrer Seite und sie wusste, dass sie es irgendwie schaffen würde.

* * *

KILLIAN HIELT EINEN SICHERHEITSABSTAND, während er dem weißen Lieferwagen zu einem Lagerhaus am Stadtrand von Natchez folgte.

Die Aufschrift auf dem Gebäude besagte, dass es sich um einen Kunststoffhersteller handelte, aber der Anzahl der auf dem Parkplatz geparkten Autos nach zu urteilen, sah es eher so aus, als wäre es die Fassade für etwas anderes.

Er parkte abseits des Gebäudes im Schutz der Bäume, stellte den Motor ab und wartete.

John stieg aus dem Lieferwagen und zog eine Zigarette aus einer Schachtel, die in seiner Hemdtasche gesteckt hatte. Er zündete sie an und lehnte sich gegen den Lieferwagen, während er den Qualm von seinen Lippen aufsteigen ließ.

Dann kam ein anderer Mann durch die Hintertür heraus. Als John ihn sah, richtete er sich auf und drückte schnell die Zigarette aus.

„Die Dinger werden dich umbringen", sagte der Fremde.

„Dieser Job auch." John zuckte mit den Schultern. „Das Risiko gehe ich ein."

„Bring die Ware rein. Wir haben nur noch eine Stunde", befahl der Mann.

„Was ist mit dem neuen Typen?", fragte John.

„Welcher neue Typ?"

„Killian. Der Typ, der in der Natchez Bäckerei aufge-

taucht ist und mir geholfen hat, die Kuchen einzuladen?"
John runzelte die Stirn.

Der Mann lehnte sich zu ihm und starrte ihm in die Augen. „Ich habe niemanden Neues eingestellt."

Johns Gesicht wurde blass.

„Hast du ihm irgendwas erzählt, John?"

Killian beobachtete die Interaktion der beiden Männer.

„Wenn du den Kerl noch einmal siehst, erschieße ihn. Und dann ruf mich an." Er deutete mit dem Daumen auf seine eigene Brust.

John nickte und beeilte sich, die Hintertür des Lieferwagens zu öffnen.

Killian beobachtete aus seinem Versteck heraus, wie John die Kuchen einen nach dem anderen ins Lagerhaus trug.

Er spürte die Vibration seines Telefons in seiner Jeanstasche, beschloss jedoch, es zu ignorieren. Eine Reihe schwarzer Autos fuhr auf den Parkplatz und Männer in Anzügen, die mit großen Sturmgewehren bewaffnet waren, stiegen aus.

Killian drückte sich mit dem Rücken gegen den Baum. Er warf einen Blick auf seine Breakout und war unglaublich dankbar für die schwarze Lackierung, die sein Motorrad im Schatten des Waldes nicht auffallen ließ.

Alle Männer gingen hinein, bis auf sechs, die an der Hintertür Wache standen. Killian wollte gern etwas unternehmen, aber er wusste, dass er nicht vorrücken konnte. Er musste die richtige Zeit abwarten und sich gedulden. Im Schutz der Nacht könnte er sich die Dinge genauer anschauen.

Als alle schließlich gegangen waren, war es bereits später Nachmittag. Killian achtete darauf, dass er allein war, bevor er auf sein Motorrad stieg und zurück nach Natchez fuhr.

Die kühle Frühlingsbrise half ihm mit seiner Nervosität über das, was er heute herausgefunden hatte, nicht weiter.

Lilliana. War sie involviert? Er konnte sich nicht vorstellen, wie Drogen in einen Kuchen gelangen sollten, ohne dass der Bäcker davon wusste. Er runzelte die Stirn, als er seine Geschwindigkeit an der Stadtgrenze verlangsamte. Langsam gingen die Laternen an und die Leute begannen, nach Hause zu fahren oder irgendwo nett zu Abend zu essen.

Er beobachtete ein junges Paar, das Händchen hielt, während sie gemeinsam den Bürgersteig entlanggingen. Sie waren beide nett gekleidet, hatten eine Verabredung und waren ganz offensichtlich verliebt. Die Art und Weise, wie das Mädchen zu dem Mann aufschaute, ließ sein Herz schwer werden und erneut an Lilliana denken.

Er schüttelte den Kopf und konzentrierte sich wieder auf die Straße vor sich. Er war für einen Auftrag hergekommen und ganz sicher nicht auf der Suche nach einer verdammten Liebesbeziehung.

Als er in die Einfahrt von Monmouth bog, zog sich sein Magen zusammen.

Lillianas Auto stand hinten in der Nähe der Küche geparkt.

Er überlegte, ob er sie jetzt sofort aufsuchen sollte oder ob es besser war zu warten, bis er geduscht und etwas Zeit zum Nachdenken gehabt hatte. Was auch immer er tat, er musste diplomatisch sein.

Wenn sie irgendwie involviert war, wollte er nicht, dass sie den Bäckereibesitzer warnte.

Er parkte seine Harley und stellte den Motor ab. Dann zog er sein Handy aus der Tasche und schickte Barrett eine kurze SMS darüber, dass er noch immer Informationen sammelte und sich später wieder melden würde.

Er würde seinen Rudelführer später anrufen. Sobald er mehr über die Lage im Inneren das Lagerhauses wusste.

Er brauchte Barrett nicht auf den neuesten Stand zu bringen, bevor er in diesem Gebäude gewesen war. Zunächst wollte er herausfinden, wie sie das Meth aus den Kuchen extrahierten und wie sie es vom Lagerhaus aus weitertransportierten.

Bis dahin würde Barrett einfach warten müssen.

KAPITEL 21

*L*illiana hörte das unverkennbare Brummen von Killians Harley, als er in die Einfahrt von Monmouth bog. Ihr Herz schlug höher und sie musterte schnell ihr Erscheinungsbild in der Reflexion der Mikrowelle.

Sie wollte nicht zu übereifrig erscheinen, denn sie wusste, dass Männer anhängliche Frauen nicht mochten. Tatsächlich hatte sie noch nie einen Kerl gehabt, den sie so sehr mochte wie Killian oder auf den ihr Körper derart reagiert hätte.

Zum Teufel, sie kannte den Typen nicht einmal wirklich.

Aber irgendetwas an ihm war anders.

Kopfschüttelnd griff sie nach ihrer Teetasse. Sie hob das zarte Porzellangefäß an ihre Lippen und trank einen Schluck des schwarzen Tees, den sie erst vor wenigen Minuten aufgebrüht hatte.

Sie musste sich auf das Backen dieser Kuchen konzentrieren und ganz sicher nicht auf ihre stürmische Libido.

„Puh", stöhnte sie.

„Was ist los, Liebes?" Mrs. Spell kam in die Küche und goss heißes Wasser aus dem Teekessel in eine Tasse. Sie griff nach einer Zitrone, schnitt sie in zwei Hälften und drückte den Saft in das Wasser.

Lilliana richtete sich auf und zwang sich zu lächeln. „Ich freue mich darauf, mit diesen Kuchen fertig zu werden, das ist alles."

Mrs. Spell lächelte und rührte ihr Zitronenwasser mit einem Löffel um. Der Silberlöffel klapperte in der Tasse und das Geräusch hallte in der Küche wider. „Sehen Sie was passiert, wenn Sie eine solch großartige Bäckerin sind. Sie haben mehr Arbeit." Sie tätschelte Lilliana den Arm und musterte die Kuchen. „Sie riechen einfach göttlich, Liebes. Wann wollen Sie sie glasieren?"

„Sobald sie alle gebacken und abgekühlt sind", log sie. Sie wusste, was Emmett darüber gesagt hatte, die Kuchen nicht zu glasieren. Würde sie sie alle dekorieren müssen, hätte sie außerdem kaum noch Zeit zum Schlafen, bevor sie am Morgen wieder aufstehen und von vorne beginnen musste.

Für die nächsten paar Wochen würde sich ihr Leben nur noch um Kolibri-Kuchen drehen.

„Großartig." Mrs. Spell nickte und zog den Küchenvorhang mit einem Finger zur Seite. „Oh, dort ist Killian. Ich muss ihm noch mitteilen, dass wir heute Abend nicht kochen." Sie stellte ihre Tasse ab und eilte aus der Küche.

Lilliana trank noch einen Schluck Tee und versuchte, ihr rasendes Herz zu beruhigen. Sie musste sich abregen und zusammenreißen. Es war ja nicht so, als wären sie ein Paar.

Oder überhaupt ernsthaft miteinander involviert.

Sie hatten lediglich eine Nacht unglaublichen Sexes geteilt.

Es war absolut fesselnder, atemberaubender Sex gewesen, der ihr nicht mehr aus dem Kopf gehen wollte. Und jetzt war sie ein Nervenbündel.

„Ich hätte es besser wissen müssen." Sie stellte ihre Tasse

ab und stöhnte. Sie hatte ein ganzes Leben vor sich und musste sich darauf und auf ihre Karriere konzentrieren.

Sie zuckte zusammen, als sie hörte, wie Mrs. Spell Killian im Flur begrüßte. Eilig richtete sie ihre Aufmerksamkeit darauf, die nächste Schicht der Kolibri-Kuchen aus dem Ofen zu holen.

Sie zog sich die Ofenhandschuhe an und nahm die beiden Kuchenformen mit den hellbraunen Kuchen heraus.

Sie lächelte, als sie die Formen zum Abkühlen auf die Theke stellte. Der Duft von Zucker, Zimt und Banane füllte die Luft.

Es war ein behaglicher Duft, der sie direkt in ihre Kindheit zurückversetzte, wenn ihre Mutter zu Feiertagen gebacken hatte.

„Oh je." Mrs. Spell kam in die Küche und schüttelte den Kopf. „So wie es aussieht, hat unser Killian schlechte Laune."

„Schlechte Laune?" Lilliana drehte sich zu der älteren Frau um. „Hat er gesagt, was ihn bedrückt?"

„Oh nein. Ich habe nicht gefragt. Er hat nur die ganze Zeit auf die Küchentür gestarrt." Mrs. Spell nahm ihre Tasse und seufzte. „Er hat sich wahrscheinlich nur geärgert, dass wir heute Abend kein Essen servieren."

„Tatsächlich?" Ihr Herz wurde irgendwie schwer. Sie hatte das seltsame Gefühl, als würde sie ihn im Stich lassen. Was komisch war. Denn sie kannte ihn kaum.

Aber tief in ihrem Inneren wusste sie, dass das nicht stimmte. Ihr Körper kannte ihn auf eine Weise, wie sie es mit keinem anderen Mann je zuvor erlebt hatte.

Sie hielt den Atem an und wartete. Das dumpfe Geräusch der Schritte seiner Motorradstiefel auf dem Hartholzboden verriet ihr, dass er sich entfernte ... weg von der Küche und hinauf in sein Zimmer.

Enttäuschung überkam sie.

Sie strich sich eine entwichene Haarsträhne hinter das Ohr und holte tief Luft.

Sie musste sich beruhigen und konzentrieren. Nicht darauf, ob sie andere enttäuschte. Nicht darauf, es einem Mann recht zu machen. Sondern auf ihr Leben und ihre Zukunft.

Denn sie wusste, dass nur das am Ende zählte.

KAPITEL 22

*E*s kostete Killian all seine Kraft, an den bunten Wänden vorbei zu seinem Zimmer hinaufzugehen, anstatt in die Küche zu Lilliana zu eilen.

Er wusste, dass sie sich im Haus befand.

Er hatte ihren weiblichen Duft in dem Moment gerochen, als er durch die Haustür eingetreten war.

Sein Körper war sofort hart geworden. Trotz allem, was er an diesem Tag über Drogen in ihren Kuchen erfahren hatte, begehrte er sie noch immer.

Er schüttelte den Kopf und schob den Schlüssel ins Schloss seiner Zimmertür. Nachdem er sie hinter sich abgeschlossen hatte, riss er sich alle Kleider vom Leib und ging nackt ins Badezimmer. Er drehte das Wasser auf und machte sich nicht die Mühe, zu warten, bis es warm wurde. Er trat unter die kühle Brause und ließ seinen überhitzten, wollüstigen Körper vom kalten Wasser abkühlen.

Er war ein verdammter Attentäter. Und eine kleine sexy Frau hatte es geschafft, ihn mit ihrem Duft allein in die Knie zu zwingen.

Vielleicht war sie so eine Art Spionin. Eine, die geschickt

worden war, um seinen Verstand abzulenken und ihn mit ihrem herrlichen Körper zu betören.

Er rieb sich mit der Hand über das Gesicht.

Er war am Arsch.

Völlig am Arsch.

Als er die längste Dusche der Welt beendet hatte, trat er hinaus und wickelte sich ein weißes Handtuch um die Hüften. Er machte sich nicht die Mühe, sich zunächst abzutrocknen, sondern ging direkt ins Schlafzimmer. Und erstarrte.

„Ich muss mit dir reden." Lilliana stand dort mit einem Ersatzschlüssel in der Hand. Ihre Augen wurden ganz groß und ihr Blick fiel auf sein Handtuch.

Sein Schwanz wurde angesichts der offensichtlichen Lust in ihren hübschen, grünen Augen sofort hart.

„Ja. Ich habe dasselbe gedacht." Er musste die Kontrolle über diese Situation und über sie erlangen.

Schließlich konnte er ja nicht zu Barrett gehen und sagen, dass er sich in eine Frau verliebt hatte, die fröhlich Meth in Kolibri-Kuchen bäckt.

„Wie hast du diesen Schlüssel bekommen?" Er kniff die Augen zusammen.

„Mrs. Spell hat einen Ersatzschlüssel für jedes Zimmer. Nur für alle Fälle." Sie zuckte mit den Schultern. „Als du nicht in die Küche kamst, habe ich mir Sorgen um dich gemacht. Mrs. Spell sagte, dass du verärgert erschienst, weil wir heute Abend kein Essen servieren." Sie schüttelte den Kopf. „Ich dachte, du würdest verstehen, dass ich den Job in der Bäckerei brauche. Ich brauche das Geld, damit ich es meiner Mutter zurückzahlen kann."

„Zu welchem Preis?" Er verschränkte die Arme über seiner Brust und starrte sie an. Würde sie sich ihm anvertrauen und ihm die Wahrheit sagen oder würde sie lügen, wenn sie mit den Folgen ihres Handelns konfrontiert würde?

Sie zuckte zusammen, als hätte er sie geohrfeigt. „Wie bitte? Glaubst du etwa, ich sollte aufhören, mir ein Leben und eine Karriere aufzubauen, damit ich Zeit habe, dir Abendessen zu kochen? Weißt du eigentlich, wie sexistisch das klingt?" Sie kniff ihre Augen zu Schlitzen zusammen und wandte sich ab. „Ich dachte, du wärst anders als andere Männer dort draußen, Killian. Ich schätze, ich habe mich geirrt."

Sie griff nach der Tür, aber er war schneller. Er packte ihren Ellbogen.

„Warte. Wir sind hier noch nicht fertig. Es geht hier nicht um verdammtes Abendessen." Er drehte sie um, damit er ihr in die Augen schauen konnte.

„Worum geht es dann? Ich habe nichts Falsches getan und du tust gerade so, als hätte ich einen Mord begangen", knirschte sie zwischen zusammengebissenen Zähnen.

Scheiße. Selbst wenn sie wütend war, war sie immer noch hübsch.

„Nun, das ist es, was Drogen tun. Sie töten Menschen", spie er. Er wollte, dass sie den Schmerz genauso spürte, wie er es tat.

„Was?" Sie sah ihn an, als wäre ihm gerade ein zweiter Kopf gewachsen. „Wovon zum Teufel redest du denn? Ich spreche davon, dass du sauer auf mich bist, weil ich dir heute Abend kein Essen koche. Wovon redest du?"

Er hielt sie in seinen Armen und starrte ihr in die Augen.

„Du weißt es nicht, nicht wahr?" Er neigte den Kopf. Eine Last hob sich von seinem Herzen und seinen Schultern. „Gott sei Dank, weißt du es nicht." Er zog sie in seine Arme und hielt sie fest. Als er spürte, wie sie sich gegen ihn wehrte, lockerte er seinen Griff.

„Moment mal, Killian. Du musst mir sagen, wovon zum Teufel du gerade gesprochen hast." Sie entzog sich seiner Umarmung.

Sein Handtuch hatte sich gelöst und als sie zurücktrat, fiel es zu Boden. Ihr Mund klappte auf, sie wandte sich ab und versuchte, angestrengt aus dem Fenster zu starren.

„Was? Es ist ja nicht so, als hättest du den noch nie gesehen", erwiderte er trocken.

„Ich weiß, aber ich würde gern verstehen, wovon du sprichst, bevor die Dinge hier …"

„Bevor die Dinge heiß und feucht werden?", antwortete er verspielt. Gott, er begehrte sie. Er wollte sie jetzt sofort, hier gegen die Wand gedrückt, wollte er in ihren engen Körper gleiten.

Er schüttelte den Kopf und zeigte auf seinen Sessel. „Du musst dich dafür hinsetzen."

Sie schluckte und ließ sich auf den Sessel sinken. Ihre hübschen, grünen Augen waren weit aufgerissen und ganz ernst. Es gefiel ihm nicht, dieses Gespräch mit ihr führen zu müssen und doch tat er es.

Er zog sich eine Jeans an. „Ich bin geschäftlich hier. Aber nicht für die Art Geschäft, die du denkst." Er holte tief Luft und ließ alles raus. „Ich bin hier, um ein Verbrechen aufzuklären."

„Arbeitest du undercover?" Ein kleines Lächeln machte sich auf ihrem Gesicht breit. „Ich wusste, dass du Geheimnisse hast."

Er erstarrte. „Tatsächlich?"

„Ja. Du hast mir nicht gerade viel verraten, als wir über deinen Beruf gesprochen haben." Sie schüttelte den Kopf. „Außerdem habe ich diese seltsame Tätowierung auf deinem Rücken gesehen. Die sieht wie irgendetwas vom Militär aus oder so."

Alle Werwolfwächter trugen die gleiche Tätowierung auf ihren Rücken. Es handelte sich um ein großes Flügelpaar, das den gesamten Rücken überspannte, mit Augen, die darunter hervorblickten. Es symbolisierte die stets wachsame Pflicht eines Wächters, der geschworen hatte, die Unschuldigen zu schützen und das Rudelgesetz zu verteidigen.

Er hatte diese Tätowierung. Sie wusste allerdings nicht, dass er auch noch eine andere Tätowierung trug. Die Tätowierung der Attentäter.

Er, Brutus und Lorcan waren die Einzigen, die dieses Tattoo trugen. Und sie alle hatten es an einer Stelle, wo es nicht sichtbar war. Brutus hatte es auf seiner Hand. Das war der Grund, warum er das ganze Jahr über Lederhandschuhe trug, um es zu verbergen. Lorcan hatte die Tätowierung an seinem inneren Oberschenkel. Er legte Wert darauf, nur im Dunkeln zu ficken, damit kein Weibchen je wissen konnte, dass er ein Attentäter war.

Killian trug die identifizierbare Tätowierung an seinem Hals. Und das war der Grund, warum er so lange Haare trug. Sie verdeckten die Abbildung eines Henkersschwertes, von dem das Blut der Schuldigen tropfte.

Lang bevor sie Silberkugeln und andere fortschrittliche Waffen hatten, hatten alle Attentäter mit einem Schwert getötet.

Heutzutage gab es andere Möglichkeiten. Trotzdem blieb die Tätowierung dieselbe.

„Sprich mit mir, Killian." Sie verschränkte die Arme, stand auf und hob ihr Kinn.

Er stellte sich ihr gegenüber. „Ich sollte wirklich nicht in der Weltgeschichte herumlaufen und Leuten erzählen, wer ich bin."

„Ich verstehe." Sie machte einen kleinen Schritt auf ihn zu. „Was auch immer du mir sagst, bleibt unter uns. Ich hoffe, das weißt du."

Er schluckte schwer und versuchte, sich zu entscheiden, wie viel er ihr erzählen sollte.

„Setz dich." Er zeigte erneut auf den Sessel neben dem

Fenster. Sie gehorchte und er setzte sich ihr gegenüber auf die Kante des Himmelbettes.

„Es ist eine lange Geschichte, aber ich werde versuchen, sie für dich zusammenzufassen."

„In Ordnung." Sie schenkte ihm ihre volle Aufmerksamkeit.

„Ich wurde hierher geschickt, um in der Natchez Bäckerei zu ermitteln. Es gibt Gerüchte darüber, dass sie Drogen durch ihr Geschäft schmuggeln."

„Was?" Ihr Mund klappte auf und sie drückte sich eine Hand auf die Brust.

„Ich bin nachts in die Bäckerei eingebrochen, nachdem sie geschlossen hatte. Ich konnte nichts finden außer einem Schlüssel, der zu keinem Schloss dort passte. Also habe ich ihn zurückgelegt."

„Also sind sie sauber." Sie atmete erleichtert auf.

„Das würde ich nicht sagen." Er rieb sich den Nacken. „Ich bin tagsüber dorthin zurückgegangen und konnte durch Zufall mit einem Typen namens John sprechen. Er verwechselte mich mit einem der neu eingestellten Männer, die Kuchen von dort abholen sollten. Um genau zu sein, deine Kolibri-Kuchen."

„Das verstehe ich nicht."

„So wie es scheint, verstecken sie die Drogen in den Kolibri-Kuchen und bringen sie zu einem Lagerhaus am Stadtrand. Draußen auf dem Land."

„Aber mir wurde gesagt, sie verkaufen die Kuchen an Unternehmen."

„Hat Emmett Reece dir jemals die Namen der Kunden verraten, die deine Kuchen kaufen?"

„Nein, er sagte nur, dass es Unternehmen sind, die sie bestellen."

„Richtig. Das Drogenkartell. Wie dem auch sei, es passt zu

dem, was im Garten passiert ist, als wir uns kennengelernt haben."

„Als du meinen Kuchen ausgespuckt hast?" Verwirrt kniff sie die Augen zusammen.

„Ja. Sie haben mir diesen Kuchen verkauft, weil sie annahmen, dass ich einer der Jungs sei, der die Drogenkuchen abholen sollte. Und so kam ich überhaupt erst zu diesem Kuchen. Ich sehe ihnen ähnlich, die gleiche Statur und alles. Wie dem auch sei, als ich deinen Kuchen probierte, schmeckte er bitter. Er war auch innen verfärbt. Ich dachte zunächst, dass es an den Früchten lag. Aber rückblickend denke ich, dass die Drogen aus der Plastiktüte, in der sie sich befanden, ausgetreten sein müssen und in den Kuchen selbst gelangt waren."

„Oh Gott." Sie bedeckte ihr Gesicht mit den Händen. „Was wäre passiert, wenn eine Familie diesen Kuchen gekauft hätte? Es hätte sie umgebracht. Ich hätte sie umbringen können."

„Nein, das hättest du nicht. Sie sind außerdem ziemlich streng damit, wer sie kaufen darf. Ich glaube, mir ist es nur gelungen, weil sie mich für einen der bösen Typen hielten." Er zuckte mit den Schultern. Er war ein Attentäter, also lagen sie damit gar nicht so falsch.

„Sie wollen deine Kuchen, weil sie groß und hoch genug sind, um darin genügend Ware zu transportieren. Wahrscheinlich schneiden sie ein Loch in die Mitte und schieben die Drogen dort hinein."

„Ich muss sofort Emmett anrufen und ihm sagen, dass ich ihm keine Kuchen mehr verkaufen werde." Sie sah ihn mit Tränen in den Augen an. „Oh Gott, Killian. Ich bin ein Drogenkurier."

Er grinste und ging zu ihr hinüber. Er kniete sich vor sie hin. „Liebling, du bist kein Drogenkurier. Technisch gesehen sind deine Kuchen die Kuriere."

Sie stöhnte und vergrub ihr Gesicht in den Händen. „Du bist nicht hilfreich."

„Meine Güte, entschuldige." Er zog ihre Hände von ihrem Gesicht und zwang sie, ihm in die Augen zu sehen. „Ich bin wirklich nicht gut darin, Frauen zu beruhigen, die mir etwas bedeuten. Damit habe ich nicht sonderlich viel Übung."

Er sagte ihr nicht, dass er sich mit keinem anderen Weibchen je so gefühlt hatte. Nur mit ihr.

In diesem Moment wusste er, dass sich seine Welt verändert hatte und nie wieder dieselbe sein würde.

Lillianas Körper wurde ganz warm. Ihr Herz zog sich zusammen.

„Wirklich? Ich hätte gedacht, du hättest unheimlich viel Übung darin." Sie streckte die Hand aus und strich mit der Fingerspitze sanft über seine Wange.

„Nicht wirklich. Ich bin noch nie zuvor einem Weibchen so nahe gekommen." Bei ihrer Berührung schloss er seine Augen.

„Weibchen? Nennst du alle Frauen Weibchen?" Sie lachte leise.

„Beleidigt dich das?"

„Das sollte es, tut es seltsamerweise jedoch nicht."

Als er die Augen wieder öffnete, stützte er sich mit den Händen auf den Armlehnen ab und beugte sich vor. Ihr Herz flatterte.

Er drückte seinen Mund auf ihren und sie stöhnte sofort; er hatte diese Wirkung auf sie und schaffte es jedes Mal, ihre Seele mit einer einzigen Berührung aufzuwühlen.

Ihr Körper erwärmte sich unter seinem verführerischen Kuss und sie ließ ihre Hände über seine Arme zu seinen Schultern hinaufgleiten. Mit den Fingern griff sie in sein langes Haar und hielt ihn an ihrem Mund gefangen.

Er vertiefte den Kuss und ihre Zungen tanzten miteinander, während sie ihre Körper aneinander rieben.

„Mehr", bettelte sie.

Er küsste seitlich an ihrem Gesicht zu ihrem Hals hinunter. Sie krümmte sich ihm entgegen, zog ihn näher an sich und wollte ihn sehnsüchtig ganz nah an ihrem Körper spüren.

Er zog sich zurück und sah sie mit dunklen Augen an.

Dann schob er seine Arme unter sie, trug sie zum Bett hinüber und legte sie sanft in die Mitte. Er entledigte sich seiner Jeans und warf sie auf den Stuhl.

Ihr Gesicht wurde heiß, weil er schon wieder keine Unterwäsche trug. Er war bereits hart für sie.

„Du bist dran." Er grinste, kroch zu ihr aufs Bett und machte sich mit geschickten Fingern an ihrem Reißverschluss zu schaffen. Er zog die Jeans an ihren Beinen hinunter und warf sie auf den Boden, kam zu ihr zurück und vergrub sein Gesicht an ihrem Bauch. Er ließ sich Zeit damit, ihren Bauch zu küssen, bis er sich langsam seinen Weg zu ihrer Brust hinaufbahnte. Dann löste er sich von ihr und zog ihr das Oberteil über den Kopf. Sie lag nun in ihrem schwarzen Höschen und dem passenden BH vor ihm.

„Die Wäsche ist hübsch, aber sie muss weg." Er küsste sie, während er sie schnell aus ihrem Höschen und dem BH herausschälte. Als er sich zwischen ihre Beine legte, drückte seine Erektion gegen ihren Bauch. Sie reichte ihm ein Kondom und er rollte es gehorsam auf seinem Schwanz ab.

Dann legte sie ihre Hände um seine Wangen und zog ihn zu einem Kuss zu sich hinunter. In dem Moment, als seine Zunge in ihren Mund eindrang, drang er gleichzeitig auch zwischen ihren Schenkeln in sie ein.

„Killian", hauchte sie gegen seinen Mund. Er erfüllte sie mit Lust und rieb sich an ihrem Körper.

Er sah ihr mit solch leidenschaftlichen Emotionen in die Augen, dass es sie bis ins Innerste erschütterte. Noch nie zuvor hatte sie eine solche Intimität empfunden.

Sie hielt sich an ihm fest und prägte sich jeden Muskel an seinem Rücken ein, über den sie mit ihren Fingerspitzen strich, während er in ihren Körper hinein- und wieder hinausglitt. Sie vergrub ihre Fingernägel in seinem Rücken, als sich die Lust tief in ihr bündelte und in jeder Zelle ihres Körpers explodierte. Als sie kam, krümmte sie sich ihm entgegen und rief seinen Namen.

Er vergrub sein Gesicht in ihrer Halsbeuge und knurrte leise und tief, als sein eigener Orgasmus ihn überrollte.

So blieben sie liegen, körperlich und seelisch verbunden, bis auch das letzte Zittern ihres Körpers verklungen war.

Killian rollte sich von ihr und zog sie in seine Arme.

„Ich wünschte, ich könnte bleiben, aber ich muss wieder los. Ich will dem Lieferwagen der Bäckerei Natchez zu ihrem Lagerhaus folgen, weil ich sehen muss, wohin sie von dort aus als Nächstes fahren." Er küsste ihre Lippen und rutschte vom Bett.

Sie stand ebenfalls auf und erstarrte. Ihr Gesicht wurde blass.

„Was ist los?"

„Das Kondom ist gerissen. Das ist, als hätten wir unge-schützten Sex miteinander gehabt."

„Ich habe nichts, falls du das meinst." Er lachte. Dann fand er seine Jeans und zog sie sich über die Hüften.

„Darüber rede ich nicht. Ich nehme keine Pille." Sie riss die Augen weit auf.

„Darüber brauchst du dir auch keine Sorgen machen."

„Bist du … zeugungsunfähig?"

Er biss sich auf die Lippe und unterdrückte ein Grinsen. Das war er ganz sicher nicht. Aber er konnte ihr auch nicht die Wahrheit sagen. Dass Werwölfe und Menschen keine Kinder miteinander zeugen konnten.

„Vertraue mir einfach, wenn ich dir sage, dass du nicht schwanger wirst."

Ihre schlanken Schultern entspannten sich leicht und sie sah sich suchend nach ihrer Kleidung um. Schnell zog sie sich wieder an. „Ich komme mit dir mit."

„Lilliana, ich glaube nicht, dass das eine gute Idee ist. Es ist nicht sicher." Er sah sie mürrisch an.

Sie schüttelte den Kopf. „Das ist mir egal. Ich komme mit und du wirst mich nicht aufhalten. Geh du die Haupttreppe hinunter und ich nehme die geheime Hintertreppe, damit ich noch schnell meine Stiefel und meine Jacke holen kann. Ich treffe dich gleich bei deinem Motorrad draußen." Sie gab ihm einen schnellen Kuss und lief zur Tür hinaus.

Er packte sie am Arm. „Warte. Es gibt eine geheime Hintertreppe?"

Sie grinste. „Natürlich gibt es die. Es gibt sie in allen alten Plantagenhäusern." Sie zwinkerte und lief den Flur hinunter.

KILLIAN EILTE DIE TREPPE HINUNTER. Er würde sich beeilen müssen, wenn er herausfinden wollte, wohin sie diese Kuchen brachten, nachdem sie im Lagerhaus angekommen waren.

„Killian! Gibt es irgendetwas, womit ich Ihnen helfen kann?" Mrs. Spell stand unten an der Treppe und lächelte fröhlich.

Er unterdrückte ein Stöhnen. Er hatte keine Zeit für ein Schwätzchen. Er musste sich um Werwolfgeschäfte kümmern.

„Mrs. Spell." Er zwang sich zu einem Lächeln. „Nein, ich wollte gerade gehen."

Ihr Lächeln verblasste. „Es tut mir so leid, dass wir heute Abend nicht gekocht haben. Es ist nur so, dass wir nicht genügend Gäste hatten, um den Aufwand, dieses ganze Essen zu kochen, zu rechtfertigen."

„Gar kein Problem. Tatsächlich will ich mich nur mit ein paar Kunden treffen."

„Ach wirklich?" Sie schien neugieriger zu werden. „Und welche Art Kunden könnten das sein?"

„Sagen wir einfach, sie sind im Musikgeschäft", log er. Er wusste bereits, dass sie ihn für einen Rockstar hielt, also würde sie seine Antwort nicht infrage stellen.

„Ich verstehe." Sie nickte eifrig.

„Ich muss jetzt gehen."

„Natürlich. Wir sehen uns dann morgen früh beim Frühstück", rief sie ihm hinterher.

„Ja. Bis morgen früh", rief er über seine Schulter.

Er eilte durch die Dunkelheit zu seiner Harley. Obwohl er Lilliana nicht gern mitnehmen wollte, dachte er sich, dass sie sonst sicher einen Weg finden würde, ohne ihn zu gehen. Wenn sie mit ihm unterwegs war, konnte er sie zumindest beschützen.

Als er Lilliana entdeckte, hielt er plötzlich inne.

Sie trug schwarze Motorradstiefel und eine schwarze Lederjacke. Ihr dunkles Haar fiel um ihre Schultern und sie hatte sich gegen seine Harley gelehnt.

Sie war unglaublich hübsch.

„Hey", sagte er und ging auf sie zu.

„Ich habe mich schon gefragt, wie lange du brauchst." Sie grinste. „Hat Mrs. Spell dich in die Enge getrieben?"

„Wie hast du das denn erraten?" Er stieg auf das Motorrad und wartete auf sie. Sie kletterte hinter ihm auf und schlang ihre Arme um seine Taille.

Es fühlte sich richtig an, was ihn zu beunruhigen begann.

Killian ließ die Harley an und das Monster erwachte zum Leben. Er grinste, als Lilliana ihre Arme fester um seine Taille schlang und ihren Kopf gegen seinen Rücken lehnte.

Es fühlte sich richtig an.

Etwas zu perfekt.

Er bog aus der Einfahrt des Herrenhauses auf die Straße ab.

Es gab nicht viel Verkehr. Natchez war eine kleine Stadt; die Leute blieben nicht die ganze Nacht wach, um zu feiern.

Ganz anders als in New Orleans, wo die Bewohner nie zu Bett zu gehen schienen.

Er erhöhte die Geschwindigkeit und genoss es, wie das Dröhnen der Maschine seine Nerven beruhigte.

Er mochte es nicht, sie in solche Gefahr zu bringen. Aber jetzt gab es kein Zurück mehr.

Die kühle Luft wirbelte über seine Haut. Der Duft der Heckenkirschen und Narzissen vermischte sich mit dem Geruch der drohenden Gefahr.

Er lenkte das Motorrad auf die Straße, in der sich die Bäckerei befand, und verlangsamte seine Geschwindigkeit. Er parkte einen Block entfernt außerhalb der Straßenbeleuchtung. Dann stellte er den Motor ab und ließ sie zuerst absteigen.

Er griff nach ihrer Hand und verschränkte seine Finger mit ihren. „Bleib in meiner Nähe."

KAPITEL 23

*E*in paar große Typen schwirrten an der Vorderseite des Ladens herum. Killian erkannte einen von ihnen sofort als John. Er machte eine Kehrtwende und ging in die entgegengesetzte Richtung von der Natchez Bäckerei.

„Was machen wir?", fragte sie.

„Wir nehmen den langen Weg."

Er achtete darauf, seine Schritte langsam und gemächlich zu halten. Er schlang einen Arm um ihre Schulter und zog sie nah an sich. Sie folgte seinem Beispiel, legte ihren Arm um seine Taille und schmiegte sich seitlich an seine Schulter.

„Siehst du. Ich weiß, wie man so tut, als hätte man eine Verabredung." Sie lächelte.

Sein Herz wurde schwer. „Wenn das hier vorbei ist, gehen wir auf eine richtige Verabredung. Das verspreche ich dir." Er küsste ihr Haar.

Dann schob er die romantischen Gedanken beiseite und konzentrierte sich auf die anstehende Aufgabe.

Sie liefen um den Block herum und kamen hinter der Natchez Bäckerei heraus. Dort standen zwei Lieferwagen geparkt und zwei große Männer luden die Kuchen auf, zehn in jeden Transporter.

Sie schauten sich um und stiegen dann in die Lieferwagen ein. Einer nach dem anderen verließen sie den Parkplatz.

„Komm schon." Er zog an ihrer Hand und eilte schnell zurück zu seiner Harley. Er startete den Motor und sie sprang hinter ihm auf. Innerhalb von Sekunden fuhren sie die Straße hinunter und versuchten die Lieferwagen einzuholen.

LILLIANA KLAMMERTE SICH AN KILLIAN, als sie die Straße entlangrasten. Gefahr und Aufregung hingen in der kühlen Luft. Killian war ein sicherer Fahrer, der die riesige Maschine geübt in diese oder jene Richtung lenkte.

Sie lächelte vor sich hin, trotz der Gefahr, in die sie wahrscheinlich geradewegs hineinfuhren. Attraktiv, gefährlich, sanft.

So sah sie Killian. Gott, dieser Mann hatte einen Körper, von dem ihr das Wasser im Mund zusammenlief. Und er wusste ihn auch einzusetzen, um ihr jedes letzte Tröpfchen Vergnügen zu entlocken.

In dem Augenblick, als sie ihn zum ersten Mal gesehen hatte, hatte sie gewusst, dass ihn der Hauch von Gefahr umgab. Vielleicht war es die Art, wie er sich gab, langsam und überlegt, als würde er sich an einen Feind heranpirschen und als müsse er die Entscheidung treffen, ob er leben oder sterben sollte. Sie konnte es in seinen Augen sehen. Obwohl er versuchte, ganz locker zu wirken, versteckte sich hinter diesen grauen Augen noch so viel mehr.

Aber trotz all dieser Dinge war Killian sanft. Die Art, wie er sie festhielt, wenn sie sich liebten; die Art, wie er sie küsste, als wäre sie ein Schatz oder wie er immer Rücksicht auf ihre Gefühle nahm. Ja, Killian war tatsächlich sanft.

Ihre Brust zog sich zusammen. Sie wusste, dass er nicht für immer in Natchez bleiben würde. Das konnte sie nicht von ihm erwarten. Nicht hier in Natchez, Mississippi, bei ihr.

Sie atmete tief ein, schlang ihre Arme fester um ihn und machte sich nicht die Mühe, die Tränen abzuwischen, die über ihre Wangen strömten.

KAPITEL 24

Sie kamen in dem Moment am Lagerhaus an, als die beiden Lastwagen gerade rückwärts an die Laderampen fuhren.

Killian parkte die Harley nicht sichtbar vom Lagerhaus im Schatten der Baumgrenze.

Lilliana rutschte vom Motorrad und er stieg nach ihr ab. Er zog sie nahe zu sich heran und beobachtete, wie die Männer die Kuchen ausluden und ins Lagerhaus trugen.

Sie machten sich noch nicht einmal die Mühe, sie in Kuchenschachteln zu transportieren.

Lilliana drückte sich die Hand auf ihren aufgewühlten Magen.

Sie war jetzt Teil einer Drogenoperation, ob sie nun davon gewusst hatte oder nicht. Wenn jemand herausfinden würde, dass dies ihre Kuchen waren, wäre ihre Zukunft für immer ruiniert.

„Wir müssen warten, bis die Fahrer und die Lastwagen wieder wegfahren. Habe ein wenig Geduld." Er drückte ihre Hand.

JODI VAUGHN

Sie atmete tief durch und zwang sich, das kriminelle Treiben vor ihren Augen zu beobachten.

Die beiden Männer brauchten nicht lange, um die Kuchen auszuladen. Als sie fertig waren, stiegen sie wieder in ihre Lieferwagen und verließen den Parkplatz.

„Gehen wir jetzt rein?", fragte sie in der Dunkelheit.

„*Wir* machen gar nichts. Ich gehe. Du bleibst hier", befahl Killian.

Sie kniff die Augen zusammen und wollte schon streiten, als sich ein schwarzer Geländewagen der Rückseite des Lagerhauses näherte.

„Weißt du, wer das ist?", fragte sie.

„Nicht sicher, aber ich vermute, er ist der Käufer für all diese Kuchen." Killian neigte den Kopf, als er die Situation einschätzte. Er sah so ernst und konzentriert aus, dass ihr Blut vor Lust erneut in Wallungen geriet.

Sie zwang sich, ihren Blick von ihm abzuwenden und zurück zum Lagerhaus zu schauen. Ihre Karriere stand auf dem Spiel. Sie musste sich jetzt darauf konzentrieren und überlegen, wie sie die Situation bereinigen konnte, bevor ihre Zukunft für immer ruiniert wäre.

Der Fahrer des Wagens stieg aus und öffnete die Hintertür. Ein großer Mann schälte sich aus dem Auto. Er trug einen Anzug mit Krawatte. Mit langsamem, selbstsicherem Schritt ging er auf die Hintertür des Lagerhauses zu. Killian konnte sein Gesicht nicht erkennen, nur, dass er blonde Haare hatte.

Als der Mann das Gebäude betrat, folgten ihm die zwei Wachmänner, die mit ihm aus dem Wagen gestiegen waren.

„Der wird eine Weile dort drin bleiben." Er holte tief Luft und überlegte sich seine nächsten Schritte.

„Sollten wir uns das nicht näher ansehen?", flüsterte sie.

„Lass uns noch einen Moment warten. Wahrscheinlich wartet er noch auf jemand anderen."

„Woher weißt du das?"

„Nur so ein Gefühl", flüsterte er zurück.

„Also warten wir nur?" Sie seufzte. „Und ich dachte immer, geheime Ermittler hätten aufregendere Aufgaben." Sie verschränkte die Arme und starrte ihn in der Dunkelheit an.

„Ja. Entweder wir kämpfen oder wir warten und beobachten. Du weißt schon, Höhen und Tiefen." Er zuckte mit den Schultern.

Beim leisen Brummen eines Fahrzeugs spannten sich all seine Muskeln an. Er beobachtete, wie ein weiterer Wagen an der Rückseite des Lagerhauses ankam. So wie es aussah, handelte es sich um einen teuren Sportwagen. Zwei Männer, in Anzug und Krawatte, stiegen aus dem Auto. Sie sahen sich kurz auf dem Parkplatz um, um sicherzustellen, dass sie nicht beobachtet wurden. Dann betraten sie das Gebäude.

„Können wir jetzt reingehen?", fragte sie.

„Du bist so ungeduldig, dich in Gefahr zu stürzen." Er sah sie finster an.

„Ich will mich nicht in Gefahr stürzen. Ich will versuchen, meine Karriere zu retten. Je schneller wir herausfinden, wie sie meine Kuchen verwenden und an wen sie sie verkaufen, desto schneller können wir es unterbinden." Sie seufzte.

„Lilliana, ich weiß, dass du nur helfen willst. Und ich weiß, dass du deine Karriere retten willst. Aber ich denke wirklich nicht, dass deine Karriere irgendwelchen Schaden nehmen wird. Wir werden diese Leute vor Gericht bringen und dein Name wird nie zur Sprache kommen. Wenn überhaupt, wird es den Ruf der Natchez Bäckerei ruinieren. Ich wage es zu bezweifeln, dass dieser Kerl eine Zukunft in der Bäckereibranche haben wird."

„Das ist traurig." Sie schüttelte den Kopf.

„Bemitleide ihn nicht. Er nutzt dich und deine Kuchen aus."

„Ich weiß. Aber es ist traurig, dass jemand so tief sinken kann. Da kann ich einfach nicht anders, als ein wenig Mitleid für ihn zu empfinden."

Er zog sie in seine Arme und sah zu ihr hinunter. „Du bist unglaublich, Lilliana Beckway. Ich habe noch nie eine Frau mit einem größeren Herzen getroffen."

„Nun, versteh mich nicht falsch. Wenn ich einen Moment allein mit Emmett Reece bekommen könnte, würde ich ihm auch die Meinung sagen. Und ihm vielleicht ein blaues Auge verpassen." Sie grinste.

„Meine kleine Kämpferin. Das gefällt mir." Er grinste und neigte den Kopf zu ihr. Er drückte ihr einen sanften Kuss auf den Mund. Als er sich zwang, sich von ihr zu lösen, sah er in ihre glasigen Augen hinunter.

„So hat mich noch nie jemand genannt", säuselte sie und schlang ihre Arme um seine Taille. „Es gefällt mir."

„Gut. Es passt auch zu dir." Er hielt sie fest und schaute wieder zum Lagerhaus.

Er musste einen klaren Kopf behalten und aufhören, daran zu denken, in der Dunkelheit mit ihr rumzumachen.

Aber es war so schwer, ihr zu widerstehen.

Sie war seine Achilles-Ferse.

Schließlich ließ er sie los und konzentrierte sich auf das, wozu er hergekommen war. Auf die Aufklärung. Er wartete weitere gute fünf Minuten.

„Ich glaube nicht, dass noch jemand kommt. Bleib du hier und ich schleiche mich näher heran, um zu sehen, was sie machen."

„Wie willst du denn irgendwas sehen? Es gibt gar keine Fenster." Sie blickte zu ihm auf.

„Ich weiß. Ich gehe hinein." Er grinste und lief in Richtung Lagerhaus.

KAPITEL 25

*L*illiana klappte die Kinnlade hinunter, als Killian zum Lagerhaus lief und sie allein im Wald stehenließ.

„Er ist verrückt, wenn er glaubt, dass ich alleine hierbleibe", murmelte sie und lief hinter ihm her.

Killian blieb hinter dem ersten Lieferwagen stehen. Er hockte sich hin, zog etwas aus seiner Jackentasche und schob dann seine Hand unter die hintere Stoßstange. Dann lief er zu dem zweiten Wagen und wiederholte die Aktion.

Sie fragte sich, ob er eine Art Sender an den Lieferwagen anbrachte. Er stand auf und rannte zur Hintertür des Gebäudes. Langsam öffnete er die Tür und schlüpfte hinein. Sie kam rutschend zum Stehen und sah sich um. Sie konnte keine Autos kommen hören und sah auch keine Bewegungen in den Schatten. Zuversichtlich, dass sie alleine war, griff sie nach der Tür und öffnete sie.

Sie konnte leise Stimmen hören, die von innen herausdrangen. Sie spähte hinein. Der Flur war leer. Sie trat ein und hielt die Tür hinter sich fest, damit sie nicht lautstark ins Schloss knallte.

Das Innere des Gebäudes roch seltsam. Sie hatte erwartet,

dass es muffig darin riechen würde, weil es unbenutzt war. Aber stattdessen roch es nach Reinigungsmittel.

Sie schaute nach rechts und nach links und rieb ihre Hände über ihre Jeans. Sie hatte keine Ahnung, wohin Killian verschwunden war.

Sie verzog das Gesicht und ging nach links. Langsam bahnte sie sich ihren Weg den Flur entlang. Die Stimmen wurden immer deutlicher.

Als sie Schritte auf sich zukommen hörte, erstarrte sie. Sie warf einen Blick nach rechts. Dort gab es eine Tür. Schnell drückte sie auf die Türklinke. Die Tür öffnete sich, sie huschte hinein und schloss sie leise hinter sich. Sie presste ihren Rücken gegen die Wand und hielt den Atem an. Die Stimmen und Schritte wurden lauter, bis sie in ihren Ohren widerhallten.

Sie blinzelte in der Dunkelheit, bis sich ihre Augen den Lichtverhältnissen angepasst hatten, und versuchte, ihre Atmung zu verlangsamen.

„Ich habe dir doch gesagt, dass ich mehr Kuchen brauche", sagte eine ärgerliche Männerstimme. Er hatte keinen Akzent, noch nicht einmal einen Südstaatenakzent. „Wie soll ich denn mit nur zwanzig Kuchen am Tag mehr Meth bewegen?"

„Das habe ich Reece auch gesagt. Er meinte, es wäre schon schwierig, nur zwanzig von der Bäckerin zu bekommen. Er glaubt, dass sie weitere Bestellungen darüber hinaus ablehnen wird. Außerdem hat er ihr gesagt, sie könne samstags und sonntags freihaben", sagte der zweite Mann. Sein Akzent war anders und klang eher danach, als stamme er aus dem Süden.

„Samstags und sonntags frei? Was zum Teufel? Es ist nicht seine Aufgabe, freie Tage zu vergeben. Ich führe hier ein verdammtes Geschäft und keine Kindertagesstätte." Der erste Mann schlug mit der Faust gegen die Tür. Sie erstarrte.

Sie hielt die Luft an, bis ihre Lungen brannten.

„Ich hab es kapiert, Ringo. Ich verstehe es. Vielleicht müssen wir uns einen anderen Lieferanten suchen. Ich meine, warum können wir nicht einfach ein paar Twinkies damit füllen?"

„Twinkies? Hast du eine Ahnung, wie viele Twinkies wir befüllen müssten, um dieses ganze Meth zu transportieren?" Ringo knurrte. Außerdem haben wir eine Methode und ein System, das funktioniert. Das will ich nicht versauen."

„Also gut. Ich bringe Emmett Reece dazu, das Mädchen zu überreden, mehr Kuchen zu backen." Der andere Mann seufzte.

Sie holte kurz Luft und zuckte zusammen, als ihr Zigarettenrauch in die Nase stieg.

Schritte hallten durch den Flur, bis sie sie schließlich nicht mehr hören konnte. Sie drückte ihre Hand auf ihren Bauch und beruhigte ihr rasendes Herz.

Langsam öffnete sie die Tür und spähte hinaus.

„Scheiße." Sie drückte ihre Hand auf den Mund und starrte Killian an, der im Türrahmen stand. Er stieß sie wieder hinein und schloss die Tür.

„Was zum Teufel machst du hier? Ich habe dir doch gesagt, du sollst draußen warten", flüsterte er laut.

„Ich weiß. Aber ich konnte dich doch nicht alleine hier reingehen lassen." Sie zuckte mit den Schultern. „Außerdem habe ich ein paar Informationen herausgefunden."

„Was?"

„Sie wollen, dass ich noch mehr Kuchen backe und auch an den Wochenenden nicht frei bekomme. Ich habe bei diesen Typen das Gefühl, das Nein zu sagen keine Option ist." Sie versuchte, sein Gesicht in der Dunkelheit zu erkennen. „Hast du etwas herausgefunden?"

„Ich habe die zwei angeheuerten Killer belauscht, dass sie die Kuchen nach Memphis bringen. Ich wusste, dass die Stadt Drogenprobleme hat, aber ich hatte keine Ahnung, dass

JODI VAUGHN

sie aus Mississippi dorthin transportiert werden." Killian fuhr sich mit den Händen durchs Haar. „Barrett wird diese Scheiße ganz und gar nicht gefallen."

„Wer ist Barrett?"

„Mein Boss." Es war keine Lüge. Nur nicht die ganze Wahrheit.

„Ich muss herausfinden, wo die Drogen in Memphis hingebracht werden. Wir wissen, dass sie in der Natchez Bäckerei hergestellt werden. Jetzt muss ich sicherstellen, dass ich den Käufer finde und ausschalte."

„Ausschalten? Das klingt aber nicht sehr ehrenhaft. Solltest du ihn nicht lieber verhaften, anstatt ihn zu töten?" Sie neigte den Kopf.

Killian antwortete nicht und plötzlich veränderte sich die Energie im Raum.

„Killian?" Sie streckte die Hand aus, um ihn zu berühren, aber er packte sie am Ellbogen.

„Wir müssen hier raus. Ich wünschte, ich könnte dich in Monmouth absetzen, aber ich muss diesen Fahrzeugen nach Memphis folgen."

„Ich will nicht abgesetzt werden. Ich will mit dir mitkommen."

„Und wenn deine Kuchen morgen nicht geliefert werden?"

„Das spielt keine Rolle. Bis dahin haben wir sie. Außerdem werde ich sowieso nie wieder Kuchen an die Natchez Bäckerei liefern."

KAPITEL 26

Killian öffnete die Tür und spähte hinaus. Er schnüffelte in der Luft herum. Der menschliche Geruch war schwach. Gut. Die Männer hatten zumindest den Flur verlassen.

Er hielt Lillianas Hand und zog sie hinter sich durch den Flur. Er spitzte die Ohren und lauschte aufmerksam auf jedes Geräusch möglicher sich nähernder Schritte.

Es gefiel ihm ganz und gar nicht, sie auf diese Weise in Gefahr zu bringen. Aber er hatte es jetzt angefangen und einen Kurs gesetzt, von dem er nicht länger abweichen konnte. Barrett zählte auf ihn und er würde seinen Rudelführer nicht enttäuschen.

Er roch die Gefahr, bevor er sie sehen konnte. Sein Magen zog sich zusammen. Er hielt inne.

„Was ist los?", flüsterte Lilliana ein wenig zu laut.

„Was macht ihr beiden denn hier?" Ein großer Mann mit einem Bart und einem Sturmgewehr trat aus dem Schatten einer Tür heraus. Er zielte mit dem Gewehr direkt auf sie.

„Wir suchen nach einem privaten kleinen Plätzchen, du weißt schon." Killian schenkte ihm ein entspanntes Grinsen und hoffte inständig, der Mann würde ihm die Nummer abkaufen.

Der Mann schaute mit zusammengekniffenen Augen zwischen ihm und Lilliana hin und her.

„Ihr seid den ganzen Weg hier rausgefahren, um eine Nummer zu schieben?" Sein Blick wurde noch finsterer.

„Bleib mal cool, Mann. Sei doch nicht so verklemmt." Killian lachte und zog Lilliana an seine Brust. „Ich suche doch nur nach einer kuschligen Ecke für mich und mein Frauchen hier."

Lilliana versteifte sich bei seiner nicht so respektvollen Bezeichnung, sagte aber nichts.

„Allen, was dauert denn so lange?" Ein weiterer Mann trat aus der Tür. Er blieb stehen, als er Killian und Lilliana entdeckte. Dann kniff er die Augen zusammen.

Es war derselbe Mann, der mit dem Sportwagen vorgefahren war.

„Wer zum Teufel seid ihr und was wollt ihr auf meinem Geschäftsgelände?" Er schob die Hand in seine Jackentasche und zog eine 9 mm Pistole heraus.

Killian wusste, dass eine Kugel ihn nicht töten würde, es sei denn, sie wäre aus Silber. Aber sie würde verdammt noch mal wehtun und er war wirklich nicht in der Stimmung, sich mit einer Schusswunde herumzuschlagen.

„Wir hatten keine Ahnung, dass das hier Geschäftsgelände ist. Wir dachten, das Unternehmen sei aufgegeben worden. Hier gab es kein Geschäft mehr seit …

„Jahren schon", beendete Lilliana seinen Satz.

„Ihr lügt doch. Leute, die mich anlügen, werden erschossen." Der Sportwagentyp zielte mit der Waffe auf Killian.

„Alter, Scheiße. So soll es also sein." Killians Lächeln verschwand und er schob Lilliana hinter sich. Er stürzte sich auf den Mann. Ein Schuss hallte durch den engen Flur. Er spürte, wie die Kugel an seinem Gesicht vorbeirauschte, als er auf dem Mann landete und ihn zu Boden riss. Er schlug dem Mann ins Gesicht.

„Killian?" Ihre Stimme klang anders. Unnormal.

Sein Magen zog sich zusammen. Er hörte auf, den Typen zu schlagen, und drehte sich um. Lilliana lag am Boden. Ihr Gesicht war blass und sie umklammerte ihren Arm.

Horror breitete sich in ihm aus. Er eilte an ihre Seite und kniete sich neben sie hin. „Lass mich mal sehen", sagte er sanft. Er schob ihre Hand zur Seite. Die beiden Männer wichen in den Flur zurück. Er wusste nicht, ob sie zurückkommen oder endgültig abhauen würden. Aber er wusste, dass er sie beide dort rausholen musste, nur für den Fall dass sie doch zurückkamen.

Blut sickerte durch ihren Ärmel. Er zog den Stoff hoch, um die Wunde zu sehen. Sie zuckte zusammen, als er ihren Arm leicht drehte.

„Entschuldige, Liebling. Aber ich muss das sehen."

„Ich kann nicht glauben, dass ich angeschossen wurde." Sie atmete keuchend ein und schloss ihre Augen.

Sein Blick landete auf der kleinen Eintrittswunde an ihrem Arm. Sein Magen verkrampfte sich und es lief ihm kalt den Rücken hinunter, obwohl er nur eine minimale Blutmenge sehen konnte.

„Die gute Nachricht ist, dass es ein glatter Durchschuss ist, ohne etwas Lebensnotwendiges getroffen zu haben. Die schlechte Nachricht ist, dass ich dich hier rausbringen muss, bevor diese Arschlöcher zurückkommen." Er sah ihr in die Augen. „Glaubst du, du kannst aufstehen?"

„Ja." Sie hielt den Atem an, als Killian ihr auf die Beine half. Er lauschte, um eventuelle sich nähernde Schritte zu hören.

„Wir müssen hier raus." Er hob sie in seine Arme und eilte in die entgegengesetzte Richtung den Flur hinunter. Er musste sie an einen sicheren Ort bringen, bevor er diese Arschlöcher endgültig zur Strecke bringen würde.

Am Ende des Korridors bog er nach links ab. Irgendwo hinter ihnen hörte er Männer Befehle brüllen.

„Halte durch, Baby." Er tat sein Bestes, sie fest in seinen Armen zu halten, ohne sie zu sehr durchzuschütteln, während er mit ihr rannte.

„Ich kann den Schmerz aushalten." Sie sprach durch zusammengebissene Zähne.

Es zerriss ihm das Herz, zu sehen, dass sie Schmerzen hatte und dennoch versuchte, tapfer zu sein. Sie mochte vielleicht ein Mensch sein, aber sie hatte ganz sicher das Herz eines Wolfes.

Er lief einen weiteren Flur entlang und trug sie immer weiter von den Stimmen fort.

Als er rechts abbog, entdeckte er die Tür, die nach draußen führte.

„Endlich", flüsterte er und wurde langsamer, als er die Tür erreichte. Er warf einen letzten Blick über seine Schulter, bevor er die Tür öffnete und in die Nacht hinausstürmte.

KAPITEL 27

*L*illiana biss beim Schmerz in ihrem Arm die Zähne zusammen. Sie war schockiert darüber, wie schnell Killian mit ihr in seinen Armen laufen konnte. Es war fast so, als hätte er übermenschliche Kräfte.

Vielleicht war es der Schock durch den Schuss, der ihr Gehirn durcheinander brachte. Vielleicht verzerrte der Schmerz selbst ihre Wahrnehmung der Realität.

Killian blieb stehen, als er sich seiner Harley näherte. Er setzte sie sanft ab.

„Kannst du dich festhalten?" Er hob sie hoch und setzte sie auf das Motorrad.

„Ich glaube schon." Sie nickte.

„Du musst das jetzt wirklich für mich tun, Lilliana. In Ordnung?" Er stieg ebenfalls auf das Motorrad und ließ den Motor an.

Stimmen erklangen und Männer kamen aus dem Gebäude gestürmt. Sie trugen Waffen bei sich und suchten die Gegend ab.

Lilliana schlang ihren gesunden Arm fester um Killians

Taille, als er hinter der Baumgrenze hervorschoss. Er raste an den Männern vorbei, die auf sie schossen.

Sie drückte ihren Kopf gegen seinen Rücken und kniff die Augen zu. Das Geräusch der Schüsse ließ sie ihren Schmerz fast vergessen.

Sobald er die Hauptstraße erreicht hatte, erhöhte Killian seine Geschwindigkeit. Er legte eine Hand über ihre und drückte sie beruhigend.

Sie verschränkte ihre Finger in Killians Hand. Für jemanden, der so knallhart aussah, war er auf jeden Fall fürsorglich.

Sie spitzte die Ohren und lauschte auf das Brummen von Automotoren, die versuchten, sie einzuholen.

Aber alles, was sie hörte, war das Dröhnen der Harley und der Wind in ihren Ohren, als sie durch die Nacht rasten.

Sie entspannte sich ein wenig. Schmerzen stachen in ihrem Arm. Sie zuckte zusammen und versuchte, den Schmerz zu verdrängen.

„Halte durch, Lilliana. Wir werden bald in Monmouth ankommen."

„Monmouth? Fahren wir nicht in ein Krankenhaus?"

„Das ist der erste Ort, an dem sie nach uns suchen werden. Wahrscheinlich sind sie bereits dort, um die Notaufnahme auszukundschaften. Mach dir keine Sorgen. Es ist nicht so schlimm, wie es sich anfühlt. Es sah nicht so aus, als hätte die Kugel irgendeine wichtige Arterie getroffen, und das Krankenhaus hätte es sowieso nur verbunden. Das kann ich auch machen."

Sie nickte an seinem Rücken und versuchte, sich auf irgendetwas anderes zu konzentrieren als auf den weiß glühenden Schmerz, der in ihrem Arm pulsierte.

Eine Ewigkeit später bogen sie in die Einfahrt von Monmouth ein.

Im Herrenhaus brannte kein Licht und der Ort schien ruhig.

Killian fuhr zu ihrer Hütte und schaltete den Motor ab. Sie versuchte, vom Motorrad zu steigen, aber ihr wurde schlecht.

„Warte. Lass mich dir helfen." Killian sicherte den Ständer und stieg zuerst von der Harley-Davidson ab. Er schob ihr Bein zur Seite und half ihr abzusteigen, bevor er sie erneut in seine starken Arme hob.

„Du brauchst mich nicht zu tragen. Ich kann laufen, weißt du."

„Ich würde dich lieber tragen." Er eilte zur Haustür.

„Ich habe den Schlüssel." Sie wühlte in ihrer Jeanstasche herum und zog einen Schlüssel heraus. Er hielt sie an die Tür, damit sie ihn ins Schloss stecken konnte.

Sie öffnete die Tür.

Er betrat den dunklen Raum und legte sie vorsichtig auf das Bett.

„Ich werde auf meine Bettdecke bluten", meckerte sie.

„Ich kaufe dir eine neue", konterte er. Er schloss die Tür ab und ging ins Badezimmer. Als er wieder herauskam, trug er ein paar Handtücher und einen kleinen Erste-Hilfe Kasten bei sich, den sie im Medizinschrank aufbewahrt hatte.

Er legte die Sachen aufs Bett und setzte sich neben sie. „Zuerst müssen wir dein Oberteil loswerden." Er griff nach ihrer Jacke.

„Du versuchst immer nur mich auszuziehen", neckte sie ihn. Zum Glück hatte die Übelkeit ein wenig nachgelassen.

Er gluckste. „Damit liegst du nicht falsch." Traurigkeit breitete sich in seinen Augen aus, als er ihr die Jacke auszog. Er griff nach ihrem Oberteil und sie hob ihre gesunde Hand zu seiner Wange.

„Es ist in Ordnung. Tu, was du tun musst. Ich kann es aushalten." Sie nickte und hob die Arme hoch.

Vorsichtig zog Killian ihr das Oberteil aus und warf das blutbefleckte Kleidungsstück auf den Fußboden.

Sie biss die Zähne zusammen und ließ sich wieder aufs Bett sinken. Als Killian die Wunde begutachtete, beobachtete sie ihn. Er schaute zu ihr auf. „Ich muss sie desinfizieren, bevor ich sie verbinde."

Sie nickte.

Er sah sich im Raum um. „Hast du irgendwelchen Alkohol oder so etwas?"

„Ich habe Wein, aber ich glaube nicht, dass der die Wunde gut desinfizieren würde."

Er stand auf und ging in die Kochecke hinüber. Er öffnete den Schrank über der kleinen Spüle und zog eine Flasche Rotwein heraus.

„Der Alkohol ist nicht zum Desinfizieren gedacht. Sondern gegen deine Schmerzen." Er fand einen Korkenzieher in der Schublade und öffnete die Flasche schnell. Dann goss er eine reichliche Menge in ein Glas.

Er kehrte zu ihr zurück und drückte ihr das Glas in die Hand. „Trink das. Alles."

Sie zuckte zusammen. „Normalerweise genieße ich eine schöne Flasche Bordeaux lieber. Aber da es ein Notfall ist, werde ich tun, was der Arzt verordnet." Sie hob den Becher an ihre Lippen und trank. Die Gerbstoffe des Weins ließen sie zusammenzucken, als sie immer mehr des Getränks hinunterschluckte.

Als das Glas schließlich leer war, schüttelte sie sich und gab es Killian zurück. „Wein ist wirklich nicht dazu gedacht, so hinuntergekippt zu werden. Das grenzt schon fast an Missbrauch des Alkohols."

Er grinste. „Ich kaufe dir eine neue Flasche, wenn du geheilt bist. Wie klingt das?"

„Klingt wunderbar." Sie seufzte, als sich die wärmende Wirkung des Alkohols in ihrem Körper ausbreitete.

„Das wird jetzt wehtun. Aber ich versuche, so schnell wie möglich zu machen." Killians Gesichtsausdruck zeigte sowohl Sorge als auch Schmerz.

„Ich vertraue dir." Sie schenkte ihm ein ermutigendes Lächeln. Das tat sie wirklich. Sie vertraute ihm mit jeder Faser ihres Seins.

Und leider vertraute sie ihm auch mit ihrem Herzen.

KAPITEL 28

*K*illian konzentrierte sich auf die Desinfektion der Wunde. Jedes Mal, wenn er das Blut abwischte, floss noch mehr Blut heraus. Er drückte auf das Einschussloch.

Lilliana verzog das Gesicht.

„Entschuldige. Ich versuche nur, die Blutung zu stoppen." Er drückte ihr schnell eine Mullbinde auf den Arm.

„Ich bin so eine Art Bluter. Das hätte ich dir sagen sollen."

„Hämophilie?" Er runzelte die Stirn.

„Nein." Sie zwang sich zu lächeln und schüttelte den Kopf. „Nein. Als ich noch klein war, hat meine Mutter mich darauf testen lassen. Aber das Ergebnis kam negativ zurück."

„Halte das hier fest und ich hole dir noch etwas mehr Wein." Er drückte ihre Hand auf die Wunde und stand auf.

Dann griff er nach ihrem Glas vom Nachttisch und goss ihr noch etwas Wein ein.

Er wünschte, er hätte etwas Stärkeres für sich selbst.

Als er zu ihr zum Bett zurückkehrte, reichte er ihr den Wein. „Trink das hier und dann verbinde ich dich."

Sie tat, worum er sie bat, und leerte das Glas in einem

Zug. Dann gab sie ihm das leere Glas und lehnte sich auf dem Bett zurück.

Sie schaute vertrauensvoll zu ihm auf. Es traf ihn mitten ins Herz.

Er setzte sich neben sie aufs Bett und packte ein paar Verbände aus. Er zog die Mullbinde ab und trug eine anti-biotische Salbe auf die Wunde auf. Das Blut hatte bereits aufgehört zu fließen.

Dann umwickelte er die Wunde und sicherte den Verband.

„Du gibst einen ziemlich heißen Arzt ab, Killian", sagte Lilliana leise. Ihre Worte begannen zu lallen.

Er grinste. „Ist das so?" Er sammelte das übrige Verbands-zeug ein und legte alles auf den Nachttisch.

„Ja. Allerdings." Sie stieß ihm gegen die Brust und blin-zelte langsam. „Wenn die Ermittler-Sache nicht mehr so gut läuft, solltest du unbedingt Medizin studieren."

„Wohl kaum. Ich kann mir überhaupt nicht vorstellen, aufs College zu gehen." Er schnaubte.

„Natürlich könntest du das. Du könntest alles tun. Du bist wirklich klug." Sie nickte langsam.

„Und du bist wirklich betrunken." Er schüttelte den Kopf.

Sie runzelte die Stirn. „Glaubst du etwa nicht, dass du klug bist?" Sie packte seinen Arm und zwang ihn, sie anzusehen.

Er verlagerte sein Gewicht auf dem Bett. „Ich benutze meine Hände und meine Kraft für meine Arbeit. Nicht meinen Verstand. Mir wurde als Kind oft genug gesagt, ich solle mir meine Ziele nicht zu hoch stecken." Er zwang sich zu einem Lachen.

Alte Geister der Unsicherheit stiegen in seinen Gedanken auf, bevor er sie vertreiben konnte.

„Das haben deine Eltern gesagt?" Sie runzelte die Stirn.

„Mein Vater. Oft genug. Meine Mutter hat sich nicht

JODI VAUGHN

wirklich für mich interessiert. Sie war zu sehr mit ihren Partys und ihrer gesellschaftlichen Stellung beschäftigt." Er zuckte mit den Schultern.

„Dann hast du sie definitiv eines Besseren belehrt. Wenn man bedenkt, wie weit du gekommen bist."

„Keine Ahnung. Ich habe sie seit Jahren nicht gesehen."

„Was?" Und einfach so war ihr Stirnrunzeln wieder da.

„Es ist einfacher so. Außerdem sind die Männchen, mit denen ich arbeite, jetzt meine Familie." Das war nicht gelogen. Lorcan und Brutus standen ihm näher als Brüder.

„Und außerdem hast du mich jetzt auch." Sie lächelte und griff nach seiner Hand. Als sie ihre Finger mit seinen verschränkte, schloss sie die Augen. „Es ist witzig. Du hast gerade Männchen statt Männer gesagt. So als würdest du über Tiere sprechen."

Scheiße. In ihrer Nähe musste er wirklich auf seine Wortwahl achten.

„Warte mal. Lass mich es dir bequem machen." Er griff nach unten und zog ihr die Stiefel aus. „Die Jeans auch?" Sein Blick bat um ihre Erlaubnis.

„Ja bitte." Sie lächelte schläfrig.

Er zog ihr die Jeans an den Beinen hinunter und warf sie auf einen Sessel in der Ecke. Dann zog er seine eigenen Stiefel und das Hemd aus. Er ließ seine Jeans an und kroch zu ihr ins Bett. Dann deckte er sie mit dem Überwurf vom Ende des Bettes zu.

Sie lächelte und schmiegte ihren Körper an seinen. Sie passten perfekt zusammen.

Er seufzte und verlor sich mit ihr an seiner Seite und in seinem Herzen in einem tiefen Schlaf.

128

KAPITEL 29

*K*illian wachte auf, bevor die Sonne aufgegangen war. Er zog seinen Arm unter Lillianas Kopf hervor und verzog das Gesicht, weil sein Nacken steif war.

Er war es nicht gewohnt, die ganze Nacht mit einem Weibchen zu verbringen. Früher war er immer direkt nach dem Sex gegangen. Bei Lilliana wollte er aus unerklärlichen Gründen immer länger bleiben.

Er blickte auf sie herab, wie sie so friedlich dort im Bett lag. Ihr dunkles Haar umrahmte ihr Gesicht, die langen Wimpern ruhten auf ihren Wangen und sie schlief tief und fest. Langsam zog er die Decke zurück, um den Verband an ihrem Arm zu prüfen. Vorsichtig schob er den Verband zur Seite und spähte darunter.

Die Wunde sah immer noch schmerzhaft aus, aber sie würde mit etwas Zeit gut heilen. Glücklicherweise hatte die Blutung gestoppt.

Sie blinzelte und sah ihn mit verschlafenen Augen an. „Wie sieht es aus, Dr. Killian?"

Er grinste und streichelte mit dem Finger über ihre

Wange. „Es sieht gut aus. Wir nehmen einfach einen Tag nach dem anderen."

Sie lächelte breit. „Siehst du, ich kann eine Kugel aushalten."

Sein Lächeln verschwand. „Über so etwas solltest du nicht mal Witze machen."

„Entschuldige. Ich wollte nur Spaß machen." Sie erhob sich in eine sitzende Position und verzog das Gesicht.

„Moment mal. Was glaubst du, wo du hingehst?"

„Ich muss aufstehen, um das Frühstück für die Gäste zuzubereiten. Sie erwarten es."

„Oh, nein. Das kannst du völlig vergessen."

Sie runzelte die Stirn. „Aber Mrs. Spell erwartet es auch. Ich habe mich noch nie krank gemeldet oder es versäumt, eine Mahlzeit zuzubereiten, für die ich eingeteilt war."

„Dann hast du dir eine Pause mehr als verdient." Er zog die Decke über ihre Beine. „Leg dich wieder hin und ich sorge dafür, sie wissen zu lassen, dass du krank bist."

„Warte mal. Das kannst du nicht machen. Woher solltest du denn wissen, dass ich krank bin. Wir sollten uns ja noch nicht einmal richtig kennen. Sie wird denken, dass irgendetwas zwischen uns läuft."

Sein Lächeln wurde breiter. „Aber zwischen uns läuft doch auch etwas." Er beugte sich vor und küsste sie sanft auf die Lippen.

„Aber das braucht sie ja nicht zu wissen. Sie hat eine strikte Regel, dass sich niemand mit Gästen einlassen darf." Sie runzelte die Stirn, als sie ihr Gewicht im Bett verlagerte.

„Gut. Aber ich bin auch nicht gerade ein Gast. Ich arbeite undercover. Also dürfen wir uns miteinander einlassen." Er lächelte breit.

„Ich muss aufstehen." Sie setzte sich erneut im Bett auf und zog eine Grimasse.

„Du bleibst, wo du bist. Ich lasse dich nirgendwo hingehen. Wenn es sein muss, schließe ich dich in diesem Raum ein." Er ging zur Tür.

„Die Tür lässt sich von innen öffnen, so viel zu diesem Thema." Sie zog eine Augenbraue hoch.

Er knurrte. „Schau mal, du verlässt auf gar keinen Fall dieses Bett, okay? Kannst du das für mich tun?" Er drehte sich um und starrte sie streng an.

„Also gut. Und wenn ich gefeuert werde, werde ich einfach für den Donut-Laden unten an der Straßenecke arbeiten und Donuts backen." Sie funkelte ihn an.

„Perfekt. Ich liebe Donuts." Er grinste und ging zur Tür hinaus, bevor sie ihm etwas antworten konnte.

Er eilte zum Herrenhaus von Monmouth hinüber. Das Licht des Morgengrauens färbte sich langsam leicht lila und signalisierte den Beginn eines neuen Tages. Die Luft war kühl und frisch und fühlte sich gut auf seiner Haut an. Trotz der katastrophalen Mission des Vorabends fühlte er sich hoffnungsvoll.

Lilliana ging es gut und das war alles, was für ihn zählte.

Er ging auf die Hintertür von Monmouth zu und öffnete sie.

Mrs. Spell stand bereits in der Küche und kochte eine Kanne Kaffee.

Ihre Augen leuchteten auf, als sie ihn sah. „Killian, ich habe nicht erwartet, dass Sie so früh wach sind. Der Kaffee ist in einer Minute fertig."

„Vielen Dank, Mrs. Spell." Er rieb sich den Nacken. „Tatsächlich habe ich nach Ihnen gesucht. Nicht nach Kaffee."

„Ach wirklich?" Sie drehte sich zu ihm um und schenkte ihm ihre volle Aufmerksamkeit. „Was kann ich für Sie tun, mein Lieber?"

„Es geht um Lilliana. Sie ist mir draußen begegnet und sie ist wirklich sehr krank. Sie wird nicht in der Lage sein, heute das Frühstück oder das Abendessen für Ihre Gäste zuzubereiten."

Mrs. Spell zog die Augenbrauen zusammen. „Oh je. Das ist ein Problem. Ich habe noch nie eine bereits gebuchte Mahlzeit für meine Gäste abgesagt."

„Nun, ich denke nicht, dass Sie wollen würden, dass sie kocht. Nicht mit diesem Virus, den sie hat. Sie könnte die Gäste anstecken. Und dann würden sie Ihnen möglicherweise eine schlechte Bewertung auf der Webseite hinterlassen."

Mrs. Spell riss die Augen weit auf.

„Können Sie es nicht einfach absagen?", bat er sie.

„Ich fürchte nicht. Ich schätze, dass ich heute Morgen ein einfaches Frühstück mit Eiern, Speck und Toast selbst machen kann. Aber ich habe keine Ahnung, was ich mit dem Abendessen machen soll. Ich habe bereits acht bestätigte Gäste für heute Abend."

„Lassen Sie es doch einfach liefern." Er zuckte mit den Schultern.

Mrs. Spell stieß ein Schnaufen aus. Ihre Hand flog an ihre Brust. „Liefern lassen? Das könnte ich nie tun."

„Warum nicht? Die Gäste sind von außerhalb und sie würden den Unterschied nie bemerken."

Sie hob das Kinn und drückte ihre Lippen zu einer trotzigen Linie zusammen. „Ich würde den Unterschied merken, Killian."

Er kämpfte gegen den Drang an, mit den Augen zu rollen. „Also gut. Ich werde es kochen."

„Sie?" Sie runzelte die Stirn.

„Ja. Ich. So schwer kann das doch nicht sein." Er zuckte mit den Schultern. „Ich habe schon öfter Mahlzeiten gekocht." Es war eine glatte und komplette Lüge. Er hatte in seinem Leben vielleicht ein oder zwei Steaks gegrillt, aber wenn es bedeuten würde, dass Lilliana Zeit bekam, um sich zu erholen, dann wäre er gerade dabei, ein Spitzenkoch zu werden.

„Also ich weiß nicht, Killian. Unsere Gäste kommen für ein besonderes Erlebnis hierher. Nicht für irgendeine gewöhnliche Mahlzeit, die sie auch Zuhause bekommen könnten."

„Vertrauen Sie mir. Es wird keine gewöhnliche Mahlzeit werden. Überlassen Sie mir einfach die Details." Er drückte ihr beruhigend die Schulter. Sie drehte sich um und goss sich eine Tasse Kaffee ein.

„Also gut. Sie kochen heute Abend das Abendessen. Aber wehe Ihnen, wenn es schlecht ist. Dann werde ich Lilliana feuern müssen." Sie kniff die Augen zusammen und eilte ins Esszimmer hinaus.

Er zog sein Handy aus der Hosentasche und wählte eine Nummer. Keine Antwort. Er versuchte es mit einer anderen.

„Was willst du?", knurrte Brutus am anderen Ende des Telefons.

Killian seufzte und schluckte seinen Stolz hinunter. „Ich brauche deine Hilfe."

KAPITEL 30

„Worum zum Teufel geht es hier?" Brutus starrte ihn finster an und stemmte die Hände in die Hüften.

Killian schlug ihm spielerisch auf den Rücken. „Alter, ich habe dir doch gesagt, dass ich deine Hilfe brauche."

„Aber du hast mir verdammt noch mal nicht gesagt, dass ich Essen kochen soll." Brutus knurrte. „Ich habe mir den Arsch aufgerissen, um hierherzukommen, weil ich dachte, dass du Verstärkung brauchst." Brutus funkelte ihn an. „Killian, du hast mir gesagt, du brauchst Verstärkung."

„Ich brauche Verstärkung." Killian warf ihm ein Lächeln zu. „Ich brauche Verstärkung in der Küche."

Brutus funkelte ihn an. „Ich bin ein Attentäter, kein Samtpfotenbäcker."

„Pst." Killian runzelte die Stirn und drückte sich einen Finger auf die Lippen. „Sprich leise. Ich will nicht, dass das ganze Haus erfährt, was wir sind."

Brutus warf ihm einen gelangweilten Blick zu. „Killian, wie zum Teufel bist du überhaupt in diese Position geraten?

Das hat überhaupt nichts mit der Aufklärungsmission zu tun, auf die Barrett dich angesetzt hat."

„Es hat alles damit zu tun." Er schloss die Küchentür und starrte Brutus an. „Und wenn es dir nichts ausmacht, könntest du bitte etwas leiser sprechen?"

Brutus seufzte und setzte sich dann auf einen Stuhl an dem kleinen Küchentisch. Das Holz knarrte unter seinem Gewicht. „Also gut. Aber verrate mir mal, wie es Teil der Mission sein kann, dass ich dir in der Küche helfe."

Killian rieb sich die Augen. „Ich habe die Verbindung zwischen der Bäckerei und den Drogen gefunden. Der Besitzer der Natchez Bäckerei bezahlt jemanden für die Herstellung dieser riesigen Kuchen. Kolibri-Kuchen, um genau zu sein. Und er benutzt sie, um darin Drogen zu schmuggeln."

„Dann müssen wir sowohl die Person, die die Kuchen backt, als auch den Besitzer der Bäckerei zur Strecke bringen." Brutus stand auf. „Hast du Barrett diese Informationen mitgeteilt?"

„Nein."

Brutus näherte sich ihm. „Und warum zum Teufel nicht?"

Killian hob abwehrend die Hand und atmete tief ein. „Die Frau, die die Kuchen backt, hatte keine Ahnung, dass ihre Kuchen für den Drogenschmuggel verwendet wurden. Sie ist unschuldig. Und wir können den Bäckereibesitzer noch nicht hochgehen lassen, weil ich noch nicht herausgefunden habe, wohin sie die Drogen transportieren. Ich habe vor, heute Abend nach dem Abendessen dorthin zurückzukehren und ihnen zum Zielort zu folgen."

„Und jetzt sag mir doch noch einmal, warum es unser Problem ist, das Abendessen zu kochen?"

Killian biss die Zähne zusammen. „Weil die Bäckerin der Kuchen gleichzeitig auch die Köchin hier in Monmouth ist.

Sie war gestern Abend mit mir unterwegs und wurde angeschossen."

„Scheiße, Killian. Bist du verrückt geworden? Ein Weibchen mitzunehmen?" Brutus' Augen glühten.

„Ich hatte keine Wahl. Für einen Menschen ist sie ziemlich störrisch", konterte Killian.

„Einen Menschen? Hast du deinen verdammten Verstand verloren?"

„Nicht dass ich wüsste." Killian fuhr sich mit der Hand durchs Haar.

Plötzlich spielte ein höhnisches Gelächter um Brutus' Mundwinkel. „Aha. Jetzt verstehe ich es."

Killian runzelte die Stirn. „Jetzt verstehst du was?"

„Du nimmst diesen Job nicht ernst, weil du zu sehr damit beschäftigt bist, der menschlichen Frau hinterherzujagen. Sie muss eine goldene Muschi haben. Normalerweise steigst du doch lieber mit Wolfsweibchen ins Bett." Brutus schnaubte.

„Pass auf, wie du über Lilliana sprichst." Er knurrte ihn an.

Brutus' Augenbrauen schossen in die Höhe. „Ihr Name ist also Lilliana."

Killian rieb sich mit der Hand übers Gesicht. „Brutus, hörst du jetzt endlich auf, dich wie ein Arschloch zu benehmen, und hilfst mir das Essen zu kochen?"

Brutus starrte ihn schweigend an. Killian war sich ziemlich sicher, dass Brutus ihm gleich sagen würde, er könne ihm den Buckel runterrutschen.

„Die Frau ist diejenige, die hier normalerweise kocht?", fragte Brutus.

„Ja. Und sie muss ihren Job behalten. Deshalb habe ich der Besitzerin gesagt, dass ich heute Abend beim Abendessen einspringen werde."

„Warum zum Teufel lässt sie es nicht einfach liefern?" Brutus funkelte ihn an.

„Das habe ich ihr auch vorgeschlagen. Aber die Besitzerin hat sich geweigert, Essen liefern zu lassen. Sie sagte, sie möchte ihren Gästen ein kulinarisches Erlebnis bieten, und dass sie eine hausgemachte Mahlzeit erwarten." Killian fuhr sich erneut mit den Fingern durchs Haar.

„Und dann hast du mich angerufen. Warum hast du nicht Lorcan angerufen? Der kocht doch andauernd diese super-vornehmen Abendessen."

Killian starrte auf den Boden. „Das habe ich versucht. Er ist nicht rangegangen."

„Jetzt bin ich auch noch deine verfluchte zweite Wahl. Ich wusste genau, dass du ein Arschloch bist." Brutus verschränkte die Arme.

„Aber du bist auch ein guter Koch. Erinnerst du dich an das Essen, das du für uns gekocht hast, als wir im Wald fest-saßen, um diesen Serienmörder aufzuspüren? Uns ist das Essen ausgegangen und du hast dieses Eichhörnchen gefangen und getötet, um es über dem Lagerfeuer zu braten?" Killian lächelte. „Das war eines der größten Eich-hörnchen, die ich je gesehen habe. Und auf jeden Fall das leckerste."

„Du Schwachkopf. Das war kein riesiges Eichhörnchen. Es war eine verdammte Biberratte. Ich schwöre, du kannst dich an nichts erinnern." Brutus schaute ihn mürrisch an.

„Eine Ratte? Bist du dir sicher? Sie hatte Zähne wie ein Eichhörnchen." Killian wurde es plötzlich flau im Magen.

„Ich erkenne eine verdammte Biberratte, wenn ich eine sehe. Ich habe versucht, ein Murmeltier zu fangen, aber es war zu schnell für mich." Brutus zuckte mit den Schultern. „Also habe ich mir die Ratte geschnappt. Fleisch ist Fleisch."

Killian schloss die Augen und atmete tief durch.

„Hör mal, wir müssen hier heute Abend das Essen kochen. Ich schaffe es nicht allein. Ich brauche deine Hilfe."

„Ich mache es. Aber nach dem Essen spüren wir diese

Drogen auf." Brutus zeigte mit dem Finger auf Killian. „Und glaube ja nicht, dass deine Freundin aus dem Schneider ist. Ich werde meine eigenen Ermittlungen anstellen, da du offensichtlich zu sehr in die Situation verwickelt bist."

„Wie auch immer, Mann. Hilf mir einfach mit dem Essen und lass es hinter uns bringen. Womit fangen wir an?"

Brutus blinzelte. „Zuerst müssen wir Fleisch besorgen." Er starrte aus dem Küchenfenster. „Und ich glaube, ich weiß, wo ich welches bekommen kann." Er öffnete die Hintertür und trat hinaus.

Killian eilte zur Tür und streckte seinen Kopf hinaus. „Keine Ratten, Brutus. Keine Ratten."

KAPITEL 31

*L*illiana drehte sich im Bett um. Sie warf einen Blick auf das schwindende Tageslicht und dann auf die Uhrzeit auf ihrem Handy. Es war Zeit fürs Abendessen.

Killian hatte den ganzen Tag immer wieder nach ihr gesehen, ihr etwas zu essen gebracht und gefragt, ob sie etwas gegen die Schmerzen brauchte. Sie war immer wieder kurzzeitig eingeschlafen, aber jetzt brannte sie darauf, endlich aufzustehen.

Sie setzte sich im Bett auf. Ihr Arm tat zwar immer noch weh, fühlte sich aber nicht mehr so an, als stünde er in Flammen. Sie zog ihren Ärmel zurück und spähte vorsichtig unter den Verband, den Killian so sorgfältig angelegt hatte.

Es blutete nicht mehr. Zum Glück für sie hatte Killian recht gehabt. Er wusste genügend über Schussverletzungen, um sich um sie zu kümmern, ohne sie in die Notaufnahme bringen zu müssen. Als er es vorgeschlagen hatte, war sie zunächst schockiert gewesen. Und hatte Angst gehabt. War ihm denn nicht klar, dass sie nicht unbesiegbar war? Aber er war so überzeugend gewesen, dass sie nachgegeben hatte, und sich von ihm nach Monmouth zurückbringen ließ, anstatt in ein Krankenhaus zu fahren.

Sie warf die Decke zurück und stand auf.

Ihr Magen knurrte. Plötzlich fühlte sie sich ausgehungert.

Langsam begab sie sich ins Badezimmer. Sie würde zum Haupthaus hinübergehen und nachsehen, welches Gericht Killian für die Gäste des heutigen Abends zubereitet hatte. Und sich vielleicht selbst etwas davon holen.

* * *

NACH EINER KURZEN Dusche zog sich Lilliana eine Jeans und ein langärmliges, rotes T-Shirt an. Sie rutschte in ihre Stiefel und schnappte sich die Schlüssel von der Theke. Nachdem sie die Tür hinter sich abgeschlossen hatte, machte sie sich auf den Weg zum Herrenhaus der Plantage.

Die kühle Nachtluft spielte mit ihrem Haar und kitzelte ihr Gesicht.

Sie liebte den Frühling. Er ließ sie immer an Neuanfänge denken und daran, dass wirklich alles möglich war. Und jetzt, seit sie Killian kennengelernt hatte, ließ er sie auch an etwas denken, von dem sie zuvor nie zu träumen gewagt hatte. An Liebe.

Sie blieb plötzlich stehen, als ihr das „L"-Wort in den Sinn kam.

Mit zu Fäusten geballten Händen an ihren Seiten schüttelte sie den Kopf.

„Nein. Rede dir so etwas bloß nicht ein, Mädchen. Er ist nicht der Richtige für dich. Er ist jemand Wichtiges. Mit einer anspruchsvollen Karriere und sicher nicht der Typ, der sich niederlassen will." Sie stöhnte. Sie hatte nicht nur Gefühle für Killian entwickelt, sondern sie war auch dabei, ihren Verstand zu verlieren und sprach nun schon mit sich selbst.

„Perfekt", murmelte sie in die Nacht hinein.

„Was ist perfekt?", fragte eine tiefe Männerstimme.

Sie sprang zur Seite und drehte sich um. „Verdammt, Sie haben mich erschreckt." Sie drückte die Hand auf ihr Herz.

„Das war nicht meine Absicht. Ich wollte nach dem Abendessen nur etwas frische Luft schnappen." Der große Mann trat in die Nähe der Hintertür ins Licht.

Ihr Magen rutschte ihr in die Kniekehlen. Er sah tödlich aus.

Sie ließ ihren Blick über seinen großen Körper wandern. Er war genauso groß wie Killian, nur etwas stämmiger, während Killian schlank und muskulös war.

Dieser Fremde hatte einen für das Militär typischen Kurzhaarschnitt und seine Augen waren dunkelbraun. Er trug ein schwarzes T-Shirt, dunkle Jeans, Motorradstiefel und fingerlose Lederhandschuhe.

Und doch hatte er den gleichen Ausdruck in seinem Blick wie Killian. Ein Blick, der ihr verriet, dass er so viel mehr gesehen hatte, als sie es sich nur vorstellen konnte.

„Sind Sie zu Gast hier? Sie müssen heute angekommen sein", sagte sie.

„Nein und Ja." Er wandte seinen prüfenden Blick von ihr ab und starrte in die Gärten.

„Wie bitte?" Sie blinzelte.

„Nein. Ich bin kein Gast. Und ja, ich bin heute angekommen. Mein Name ist Brutus." Er sah sie erneut an und schaute mürrisch. „Killian hat mich angerufen. Sagte, er bräuchte Hilfe in der Küche."

„Ich bin Lilliana." Sie blinzelte. „Sind Sie Koch?" Für sie sah er eher wie ein attraktiver Serienmörder aus.

„So etwas in der Art. Ich habe gehört, sie backen Kuchen." Er hob das Kinn und kniff seine kalten Augen zusammen.

„Killian hat mit Ihnen über mich gesprochen." Ihr Herz flatterte. Sie wusste nicht, ob das gut oder schlecht war.

Die Hintertür öffnete sich und Killian trat in die Nacht hinaus. Er erstarrte, als er sie mit Brutus sprechen sah.

„Lilliana. Du solltest im Bett liegen." Killian runzelte besorgt die Stirn.

„Ehrlich gesagt fühle ich mich schon viel besser." Sie sah von ihm zu Brutus und dann zu ihm zurück. „Sagen wir mal, ich spüre keine Auswirkungen meiner Krankheit mehr."

„Sie meinen wohl die Schussverletzung", sagte Brutus.

Sie riss die Augen weit auf.

„Es ist schon in Ordnung. Er weiß Bescheid. Er ist in derselben Branche tätig wie ich." Er senkte die Stimme, als er sprach.

„Oh, Sie sind also auch ein …"

„Ja. Er ist auch ein Ermittler", fiel Killian ihr ins Wort. Er warf Brutus einen seltsamen Blick zu.

„Ach, hier sind Sie ja beide." Mrs. Spell trat aus der Hintertür der Küche heraus. „Ich habe mich schon gefragt, wohin Sie beide verschwunden sind." Sie hob ihr Kinn, als sie Lilliana entdeckte. „Lilliana. Ihnen scheint es auch besser zu gehen."

„Das tut es." Sie lächelte. „Ich glaube, ich brauchte nur etwas Ruhe."

Mrs. Spell nickte ihr zu. „Ich muss sagen, Sie müssen Killian und Brutus danken. Sie haben wunderbares Essen gekocht und alle Gäste haben davon geschwärmt."

„Wirklich?" Sie sah Killian an, der mit einer Grimasse den Nachthimmel studierte.

„Aber ja. Sie sagen alle, das Essen wäre ausgezeichnet gewesen. Unsere Gäste aus Frankreich behaupten sogar, sie hätten noch nie etwas Schmackhafteres gegessen." Mrs. Spell lächelte Killian und Brutus an. „Ich muss wieder hineingehen, um Sherry in der Bibliothek zu servieren. Und Killian, vielen Dank für Ihre Hilfe heute Abend."

„Jederzeit." Killian nickte und sah Brutus erneut an. Sein Gesichtsausdruck wandelte sich zu Verärgerung.

„Was ist denn los?", fragte sie.

Killian starrte Brutus streng an. „Alter, ich kann nicht glauben, was du diesen Leuten serviert hast. Es sollte ein vornehmes Abendessen sein."

Brutus schien sich nicht stören zu lassen. „Sie sagen alle, dass es ziemlich lecker war."

„Sie haben gesagt, es hat wie Schweinefleisch geschmeckt." Killian biss die Zähne zusammen.

„Oder Rinderbrust", fügte Brutus hinzu. „Die alte Frau mit den bläulichen Haaren meinte, es würde wie Rinderbrust schmecken."

„Was habt ihr denn gekocht?" Sie verschränkte die Arme und studierte die Interaktion zwischen den beiden Männern. Sie spürte die Irritation in Wellen von Killian ausstrahlen.

Brutus riss seinen Kopf in die Richtung des Waldgebietes hinter dem Haus herum. Er blinzelte. „Habt ihr das gesehen?"

„Was gesehen?" Ihr stellten sich die Nackenhaare auf. Hatten die Männer, die auf sie geschossen hatten, sie schließlich in Monmouth aufgespürt? Waren sie gekommen, um den Auftrag zu Ende zu bringen?

„Sieht aus wie ein Opossum." Ohne ein weiteres Wort zu sagen, joggte Brutus auf die Baumgrenze zu.

„Was sollte das denn bedeuten?" Lilliana stieß einen Atemzug aus, den sie angehalten hatte.

„Das ist typisch Brutus." Killian schüttelte den Kopf.

„Du hast mir immer noch nicht gesagt, was ihr zum Abendessen gekocht habt."

Er atmete tief ein und seufzte. „Es war eine Art Gulasch. Sozusagen."

„Was meinst du denn mit ‚sozusagen'? Und wo hattet ihr

das Fleisch her? Ich hatte einen Braten im Gefrierschrank. Habt ihr den benutzt?"

„Nicht direkt." Killian zuckte zusammen. „Unser Fleisch war frisch."

Sie kniff die Augen zusammen. Plötzlich wollte sie es gar nicht mehr so genau wissen. Und doch musste sie fragen.

„Und?"

Er sah sie an. „Brutus hat einen Biber getötet und ihn zu Gulasch verarbeitet."

„Was?" Sie blinzelte.

„Einen Biber." Killian stöhnte. „Ich wusste nicht, was es war, bis es zu spät war."

„Wie konntest du nicht wissen, dass er Biber kocht? Ich meine, ist das überhaupt sicher? Der hatte doch keine Tollwut, oder? Können Biber Tollwut übertragen?" Ihr Magen sank in ihre Kniekehlen.

„Ich weiß es nicht. Ich glaube nicht." Killian runzelte die Stirn.

„Weiß Mrs. Spell Bescheid?"

„Definitiv nicht. Sie hat gefragt, was das für Fleisch im Gulasch ist. Ich habe ihr gesagt, es wäre ein altes Familienrezept." Killian schüttelte den Kopf.

„Ich kann gar nicht glauben, dass ihr den Gästen Biberfleisch serviert habt." Sie schüttelte den Kopf.

„Nun, der Typ kann wirklich kochen. Er hat mir mal etwas serviert, als wir campen waren. Ich dachte damals, es wäre Eichhörnchenfleisch. Es war wirklich lecker."

„Er kocht also auch Eichhörnchen? Das ist nicht ganz so ungewöhnlich. Ich habe schon mal von Leuten gehört, die Eichhörnchenfleisch in Suppen essen."

„Es hat sich herausgestellt, dass es gar kein Eichhörnchen war." Er zuckte zusammen. „Es war eine Biberratte."

Sie drückte sich die Hand auf den Bauch. „Du hast eine Ratte gegessen?"

„Unter Vortäuschung falscher Tatsachen. Ich habe ganz ehrlich gedacht, ich würde Eichhörnchenfleisch essen."

„Das muss ein wirklich großes Eichhörnchen gewesen sein."

„Ja." Killian zuckte zusammen. „Die Größe hätte es verraten müssen."

KAPITEL 32

„*I*ch kann nicht glauben, dass du dem Weibchen gesagt hast, du wärst ein Ermittler." Brutus funkelte ihn an.

Trotz der Dunkelheit konnte Killian die Wut im Blick des Attentäters erkennen. „Das ist doch besser, als ihr zu sagen, dass ich ein Werwolf-Attentäter bin." Killian seufzte heftig und stemmte seine Hände in die Hüften.

Als Lilliana ins Haus gegangen war, um mit Mrs. Spell zu sprechen, war er hinter Brutus her gelaufen.

„Hast du dein Opossum gefangen? Was hast du damit überhaupt vor?"

„Ich wollte es zum Frühstück essen. Ich mache eine geniale Opossum-Wurst. Und nein, ich habe es nicht erwischt. Es ist weggerannt, als ich versucht habe, mich anzuschleichen." Brutus Funkeln wurde intensiver. „Und hör auf, das Gespräch abzulenken. Wir sprechen über Lilliana. Und du bist nur einen Schritt davon entfernt, das Geheimnis über unsere Art auszuplaudern. Du hast dich doch nicht verwandelt, oder?"

„Zum Teufel noch mal, nein. Hör mal, sie hat irgendwie

selbst herausgefunden, dass ich geschäftlich hier bin. Also habe ich einfach mitgespielt." Er zuckte mit den Schultern. „Sie hat die Tätowierung auf meinem Rücken gesehen und dachte, ich hätte etwas mit dem Militär zu tun."

„Und was ist mit dem Attentäter-Zeichen?" Brutus hielt seine behandschuhte Hand vor Killians Gesicht.

„Das hat sie nicht gesehen." Killian hob sein Kinn. „Dafür habe ich gesorgt. Als sie auf meiner Harley mitgefahren ist, habe ich meinen Kragen hochgeschlagen, sodass sie die Attentäter-Tätowierung an meinem Hals nicht sehen konnte. Nicht dass sie überhaupt wissen würde, was es ist." Er rieb sich mit der Hand über sein Gesicht. „Ich bin kein Idiot, Brutus."

„Sieh zu, dass du sie von der Wahrheit fernhältst, Killian. Du willst Barrett garantiert keinen Grund geben, dich zu feuern." Brutus schüttelte den Kopf.

„Danke für deine Hilfe heute", knirschte Killian.

„Du bist Scheiße in Dankbarkeit, Killian."

Killian runzelte die Stirn. „Ich bin immer noch schockiert, dass du den Gästen Biber serviert hast."

„Hör auf, so ein Weichei zu sein." Der Hauch eines Lächelns spielte um seine Lippen. „Außerdem essen echte Männer Biber."

Killian lachte. Es fiel ihm schwer, auf einen seiner Attentäter-Brüder sauer zu bleiben.

Also was ist der Plan?" Brutus verschränkte die Arme über seiner riesigen Brust.

„Es ist mir geglückt, gestern Abend einen Sender an einem der Lieferwagen anzubringen, bevor ich in das Lagerhaus ging." Er zog sein Handy heraus. „Wenn sie sich in Bewegung setzen, habe ich vor, ihnen bis nach Memphis zu folgen und wohin auch immer sie fahren."

„Großartig. Wann fahren wir los?" Lilliana trat aus den Schatten.

Sie drehten sich um und starrten sie beide an.

„Du kommst nicht mit." Killian trat einen Schritt näher. „Du wurdest gestern Abend angeschossen. Du kommst auf gar keinen Fall noch mal mit."

Er atmete tief ein. Ihr Duft war derselbe, aber irgendwie doch ganz leicht anders. Sie hatte etwas an sich, dass ihn dazu brachte, ihr die Kleider vom Leib reißen und sie direkt hier vor Brutus' Augen ficken zu wollen.

„Ich fahre mit Killian mit. Er wird mehr als genügend Unterstützung haben." Brutus knurrte.

„Es geht mir schon viel besser. Ich kann mitkommen." Lilliana verschränkte die Arme und hob ihr Kinn. Sie kniff ihre hübschen Augen zusammen.

Er rieb sich mit der Hand über das Gesicht und versuchte, sich auf etwas anderes zu konzentrieren, als in der Öffentlichkeit Sex mit ihr haben zu wollen. Er schüttelte den Kopf. „Es tut mir leid. Aber du kommst nicht mit. Brutus und ich fahren allein. Außerdem musst du Kuchen für die Natchez Bäckerei backen, damit er nicht misstrauisch wird."

Sie öffnete den Mund und er dachte schon, sie würde mit ihm streiten. Ihre Hände waren an ihren Seiten zu Fäusten geballt. „Gut."

Es drehte ihm den Magen um. Wann immer ein Weibchen das Wort ‚gut' benutzte, war es alles andere als gut.

Er befand sich ganz offiziell auf hauchdünnem Eis.

„Lilliana …" Er griff nach ihr, aber sie trat einen Schritt zurück.

„Ich muss gehen. Ich muss mit dem Backen für Morgen beginnen." Sie drehte sich auf dem Absatz um und stürmte zum Haus zurück.

Brutus stieß ein Lachen aus.

Killian trat auf ihn zu und hätte ihn am liebsten mit Blicken getötet.

„Sieht so aus, als würde sie dich eine Weile nicht ranlassen." Brutus gab ihm einen Klaps auf den Rücken und ging auf seine Harley-Davidson Breakout zu.

„Scheiße", knurrte Killian und schaute zu dem Haus hinüber, in das Lilliana verschwunden war.

Lilliana war verletzt und wütend und er würde es irgendwie wieder gutmachen müssen.

Aber zuerst hatte er eine Mission zu erfüllen.

KAPITEL 33

Beim Geräusch der beiden Harleys, die von Monmouth wegfuhren, zuckte Lilliana zusammen.

Sie holte die Rührschüsseln aus den Schränken und knallte sie auf den Küchentresen.

„Was ist denn hier für ein Lärm?" Mrs. Spell kam durch die Küchentür hineingestürmt. Sie warf Lilliana einen entsetzten Blick zu. „Es klang, als würden Sie die ganze Küche einreißen."

„Entschuldigung, Mrs. Spell." Lilliana seufzte. „Ich bin einfach nur frustriert."

Mrs. Spell warf ihr einen wissenden Blick zu. „Sind Sie wegen Killian frustriert?"

„Was?" Sie riss die Augen weit auf.

„Schätzchen, ich lebe schon lange genug, um erkennen zu können, wenn eine Frau auf einen Mann steht." Sie lächelte und ging zum Küchenschrank hinüber. Sie holte zwei Kristallweingläser und eine Flasche Rotwein heraus, die normalerweise für die Gäste reserviert waren. Sie stellte sie auf den Tresen und goss Wein in beide Gläser.

Sie reichte Lilliana ein Glas.

„Danke schön." Lilliana trank einen Schluck und schaute die Frau über den Rand ihres Glases hinweg an. „Ist es so offensichtlich?"

„Ja. Und ich glaube, dass er Sie auch mag." Mrs. Spell trank einen Schluck.

„Wirklich?" Sie versuchte, cool zu wirken. „Ich meine, er ist wirklich sehr nett. Ich war mir seiner Gefühle nur nicht sicher."

„Männer drücken ihre Gefühle nie mit Worten aus, Schätzchen. Deshalb muss man zu ihnen durch ihre Mägen sprechen." Sie lächelte fröhlich. „Das Einzige, was Männer genauso gern mögen wie ein Honigtöpfchen, ist etwas zu essen."

Lilliana biss sich auf die Lippe, um sich das Lachen zu verkneifen.

„Dann werde ich Sie jetzt mal in Ruhe lassen, damit Sie mit dem Backen beginnen können." Mrs. Spell trank noch einen winzigen Schluck ihres Weins und stolzierte dann zur Tür hinaus.

„Mit diesen Worten habe ich von ihr sicher nicht gerechnet", murmelte Lilliana. Sie trank noch etwas Wein und fing an, die Zutaten zusammenzusammeln, damit sie beginnen konnte, die Kolibri-Kuchen zu backen.

KAPITEL 34

*K*illian und Brutus waren seit fast fünf Stunden unterwegs. Er liebte es, in der Nacht Harley zu fahren. Irgendetwas an der Dunkelheit und der kühlen Luft ließ ihn sich immer wacher und lebendiger fühlen.

Er war dankbar, dass es nicht wie vorhergesagt geregnet hatte. Ihm selbst machte es eigentlich nicht viel aus, bei Regen zu fahren, aber er traute anderen Fahrern nicht.

Er warf einen Blick auf das Armaturenbrett der Harley. Inzwischen wäre Lilliana mit dem Backen ihrer Kuchen fertig und würde sie, nachdem sie etwas geschlafen hatte, bald in die Natchez Bäckerei liefern.

Er wollte sie wirklich nicht weiter in die ganze Sache verwickeln, aber im Moment musste sie den Schein wahren. Sie müsste so lange weiterbacken, bis er denjenigen finden konnte, der für die Weiterverteilung der Drogen verantwortlich war.

Er prüfte das Ortungssignal auf seinem Telefon. Der Lieferwagen war an der nächsten Ausfahrt in Memphis abgefahren.

Er wechselte in die rechte Spur und nahm die Ausfahrt. Brutus folgte ihm.

In der Stadt Memphis herrschte auch in den frühen Morgenstunden noch immer ein reges Treiben. Der Geruch von Asphalt und Benzin stieg ihm in die Nase.

Es war hier ganz anders als in der verschlafenen Kleinstadt Natchez.

Er schüttelte den Kopf und beobachtete das Ortungssignal. Sie näherten sich schnell der Stelle, wo der Lieferwagen angehalten hatte.

Schließlich verlangsamte er seine Geschwindigkeit, als er sich dem industriellen Teil der Stadt näherte. Er fuhr noch ein paar Blocks weiter, bis er sein Ziel erreicht hatte.

Den Silver Moon Strip Club.

Trotz der späten Stunde standen eine Menge Autos auf dem Parkplatz. Er fand einen geeigneten Stellplatz und schaltete den Motor aus. Brutus parkte neben ihm.

„Es macht Sinn. Ein Strip Club ist der beste Ort, um Drogen zu verteilen", sagte Brutus.

„Ja, und das ganze Geld kann leicht gewaschen werden." Killian rutschte von seinem Motorrad und drückte die Schultern durch.

Er sah sich in der Umgebung um. Der Parkplatz wurde von einem Zaun mit Stacheldraht an der Oberkante umgeben. „Es gefällt mir nicht, mein Motorrad hier stehen zu lassen."

„Ich fordere jeden heraus, meine Harley anzufassen. Es wird das Letzte sein, was er jemals tun wird, bevor ich ihn dem Erdboden gleichmache." Brutus knurrte.

„Lass uns loslegen." Killian machte sich auf den Weg zur Tür. Brutus blieb an seiner Seite.

Der Türsteher am Eingang warf ihnen kaum einen Blick zu, bevor er die Tür für sie öffnete.

Sie traten ein und wurden sofort vom Geruch von Zigarettenrauch umhüllt.

„Ich hasse verfluchte Menschen", meckerte Brutus. „Warum zum Teufel würde irgendwer freiwillig Rauch einatmen?"

„Keine Ahnung. Versuch einfach nicht aufzufallen", murmelte Killian.

„Ja, genau." Brutus schnaubte und ging zur Bar.

Killian bestellte bei einer vorbeilaufenden Kellnerin ein Bier. Sie lächelte und beugte sich zu nahe an ihn heran, bevor sie sich auf den Weg machte, um sich um seine Bestellung zu kümmern.

Er ließ sich auf einem Platz an einem kleinen Tisch nieder und beobachtete das Geschehen.

Der Laden hatte blaue und rosafarbene Beleuchtung. Die Bühnen, auf denen die Stripperinnen tanzten, wurden von Scheinwerfern angestrahlt. Auf den kleineren Bühnen am Rand gab es nur ein paar wenige Tänzerinnen und der Laden war völlig überlaufen.

„Hier bitte sehr, Süßer." Die Kellnerin stellte das Bier auf den Tisch.

„Danke." Er reichte ihr einen Zehn-Dollar-Schein.

Brutus setzte sich auf den Platz neben ihm und trank einen großen Schluck von seinem Bier.

„Frag sie nach einem Nachtisch. Das hat mir der Barkeeper gesagt, wenn ich etwas mehr als nur einen Tanz haben will", erklärte Brutus.

„Was wenn sie denken, ich würde über Sex reden?" Killian warf ihm einen grimmigen Blick zu.

„Seit wann lehnst du denn Sex ab?" Brutus runzelte die Stirn.

„Vielleicht will ich keinen bedeutungslosen Sex mit irgendeiner Fremden haben", konterte Killian.

„Vielleicht hast du dich auch nur in das hübsche, menschliche Mädchen in Natchez verguckt." Brutus grinste.

„Brutus, kann ich dich mal etwas fragen?"

„Machst du doch sowieso."

„Hast du jemals daran gedacht, dich zu verpaaren?"

„Nein." Brutus schaute finster. „Ich bin ein Attentäter. Wir verpaaren uns nicht. Niemals."

„Und warum nicht? Ich meine, die Wächter verpaaren sich doch die ganze Zeit."

„Ja. Und sieh dir mal an, wie das funktioniert", meckerte Brutus.

„Für mich sieht es so aus, als würde es gut funktionieren. Damon und Ava sind glücklich und bekommen ein Baby. Lucien hat sich mit Catty verpaart und bei ihnen läuft es auch. Zum Teufel, sogar Barrett hat sich mit Jacey verpaart. Und zusammen haben sie Boudier zu Fall gebracht." Killian grinste.

„Ja, aber das hat alles auch Auswirkungen."

„Auswirkungen? Wovon zum Teufel redest du?"

„Als Männchen sehen wir das nicht. Aber was denkst du wohl, wie sich Ava, Catty und Jacey jedes Mal fühlen, wenn ihre Gefährten zur Tür hinausgehen? Glaubst du etwa, dass sie sich nicht jede Sekunde des Tages Sorgen um sie machen, wenn sie auf einer Mission sind? Auch wenn Barrett Rudelführer ist, hat er immer noch Feinde. Besonders in seiner Position. Er hat eine loyale Gefolgschaft, aber es gibt dort draußen immer jemanden, der haben will, was seins ist."

„Aber wir sind Attentäter. Wir sind anders als Wächter."

„Wir bewegen uns in den Schatten und sorgen für Gerechtigkeit, indem wir die hinrichten, die es verdienen. Unsere Position ist viel gefährlicher als die eines Wächters."

Killian seufzte. „Du bist wirklich überhaupt nicht romantisch, nicht wahr, Brutus?"

„Ich bin Realist und ein Überlebenskünstler. Deshalb

weiß ich, wie man in der Wildnis überlebt und Opossum-Würste herstellt."

„Und warum du nie flachgelegt wirst." Killian schnaubte.

„Alter. Ich versichere dir, ich kriege mehr Ärsche ab, als du es je könntest."

Killian starrte den Werwolf an. „Solange ich dich kenne, habe ich dich noch nie in einer Bar ein Weibchen aufreißen sehen."

„Ich reiße keine Weibchen in Bars auf. Ich habe andere Methoden."

„Wie dafür zu bezahlen?" Killian warf ihm einen seltsamen Blick zu. „Alter, das kann auch gefährlich sein. Ich meine, du weißt nicht, ob sie dich bestehlen will oder was ihr Hintergrund ist oder …"

„Entspann dich, Arschloch. Ich bezahle nicht für Sex. Das brauche ich nicht."

Brutus schenkte ihm ein Grinsen.

„Brutus, du überraschst mich immer wieder." Killian schüttelte den Kopf und trank noch einen Schluck von seinem Bier.

„Hey Baby. Ich bin Mercedes." Eine zierliche Blondine kam zu ihrem Tisch geschlendert und trug nichts weiter als ein Bikinioberteil und ein Paar unglaublich kurze Shorts. „Kann ich dich für einen persönlichen Table Dance interessieren? Wir könnten in einen der hinteren Räume gehen, um ein bisschen Privatsphäre zu haben." Sie lächelte.

Sie war wunderschön und hatte einen fantastischen Körper. Aber sie trug zu viel Make-up und roch nach billigem Parfüm und Zigarettenrauch. Er bevorzugte eine bestimmte Brünette mit wunderschönen Augen und einer gewissen Eigensinnigkeit.

„Ich bin nicht interess…"

Brutus räusperte sich und trat ihm unter dem Tisch gegen das Schienbein.

Killian runzelte die Stirn und sah ihn an.

„Ich glaube, er sucht nach etwas anderem. Nach etwas Süßerem", erklärte Brutus.

Killian blinzelte. Plötzlich verstand er, was Brutus meinte. Er sah die Kellnerin wieder an. „Eigentlich hätte ich gern einen … Nachtisch."

Er fühlte sich wie ein kompletter Idiot, dass er das überhaupt fragte. Aber wenn dies die Weise war, wie er an Drogen kam, würde er wie ein Idiot aussehen müssen.

„Ah." Das Lächeln strahlte auf ihrem Gesicht. „Ich verstehe. Und ich glaube, wir haben genau, was du willst." Sie griff nach seiner Hand und zog ihn auf die Beine. „Und wenn du deinen Nachtisch probiert hast, möchtest du vielleicht noch eine Kleinigkeit extra." Sie zwinkerte ihm zu und leckte sich die Lippen.

Er widerstand dem Drang, sich ihr zu entziehen.

In diesem Moment wusste er, dass sein Herz Lilliana gehörte. Für immer.

Er folgte Mercedes in eines der privaten Hinterzimmer. Alle Räume hatten Glastüren. Er ging an ein paar davon vorbei und in jedem einzelnen von ihnen saß ein Mann, der einen Lap-Dance von einer Oben-ohne-Tänzerin bekam. Eigentlich sollten sie die Tänzerinnen nicht anfassen, aber er vermutete, dass alle Regeln draußen blieben, wenn man sich in einem privaten Raum befand. Denn dort drin gab es eine Menge Gefummel.

„Das hier ist unserer." Sie führte ihn hinein und stieß ihn rückwärts auf die Couch. Dann ging sie zur Wand und drückte ein paar Knöpfe. Langsame Musik erfüllte den Raum. Unbehagen kroch ihm den Rücken hinauf. Er machte sich bereit, aufzuspringen und den Raum zu verlassen, sollte Mercedes anfangen, ihr Oberteil auszuziehen.

„Entspann dich, Baby. Wenn du einen Nachtisch willst, muss du erst einmal eine Vorspeise kriegen." Sie nickte in

Richtung Bar. „Sie wollen sich erst sicher sein, dass du kein Undercover-Bulle bist." Sie blinzelte ihn an und runzelte die Stirn. „Du bist doch kein Bulle, oder?"

„Nein, verdammt. Ich bin kein Bulle." Killian knurrte.

„Gut. Dann lehn dich zurück und ich geb dir, was du brauchst."

KAPITEL 35

*L*illiana verzog das Gesicht, als sie die SMS auf ihrem Handy las. Dann las sie sie erneut.

Emmett Reece hatte ihr sehr früh morgens eine Kurznachricht geschickt, in der er darauf bestand, dass sie die Kuchen um fünf Uhr anstatt sieben Uhr anliefern sollte.

Sie wählte seine Nummer und brauchte nicht lange zu warten, bis er antwortete.

„Lilliana, wie ich sehe, haben Sie meine SMS erhalten. Das wurde aber auch Zeit. Ich warte schon seit einer halben Stunde auf Ihre Antwort."

„Ich wünsche Ihnen auch einen guten Morgen", sagte sie trocken. Sie setzte sich in ihrem Bett auf und schaltete die Nachttischlampe ein. „Ich habe bis spät in die Nacht gearbeitet und bin eingeschlafen. Es tut mir leid, dass ich Ihre Nachricht erst jetzt beantworte."

„Ich brauche diese Kuchen sofort. Ich hoffe doch, Sie haben sie für mich fertig."

„Ja. Ich bin erst vor etwa einer Stunde fertig geworden. Ich hatte gehofft, noch ein wenig schlafen zu können, bevor ich sie zu Ihnen bringe", meckerte sie.

„Dafür ist jetzt keine Zeit. Ich brauche die Kuchen jetzt." Emmetts ungeduldiger Tonfall machte sie nervös.

„Gibt es ein Problem?" Sie versuchte ihr Bestes, um die Angst aus ihrer Stimme fernzuhalten.

„Ja, es gibt ein Problem."

Ihr Magen zog sich zusammen.

„Der Käufer dieser Kuchen kommt heute Morgen um halb sechs, um sie abzuholen. Wenn sie nicht da sind, werden Sie nicht bezahlt."

Und Sie können Ihre Drogen nicht liefern, dachte sie bei sich.

„Das ist aber eine seltsame Zeit, um Kuchen abzuholen", riskierte sie zu äußern.

„Sie sind für ein großes Geschäftstreffen in Jackson. Er wird sie selbst dorthin transportieren."

„Ich ziehe mir schnell etwas an und bringe sie vorbei."

„Dafür ist keine Zeit mehr. Ich schicke einen Lieferwagen, um sie abzuholen. Ich habe den Männern gesagt, sie sollen von hinten in Monmouth heranfahren. Stehen Sie einfach an der Hintertür bereit, damit sie die Kuchen holen und verladen können."

Sie seufzte. „Also gut. Ich gehe jetzt rüber." Sie legte auf und zog sich schnell ihre Jeans, einen Pullover und ihre Stiefel an, die sie bereits am Vorabend getragen hatte. Sie würde sich duschen, bevor sie sich bereitmachte, um das Frühstück für die Gäste vorzubereiten.

Danach wollte sie den ganzen Tag lang schlafen. Bis Killian zurückkam.

Dann würden sie miteinander reden.

Sie eilte den kleinen Pfad zur Rückseite des Monmouth Anwesens entlang. Im Herrenhaus brannte noch kein Licht. Noch nicht einmal Mrs. Spell war so früh wach.

Das war gut. Sie wollte wirklich nicht, dass die Frau den Lieferwagen für die Kuchen sah. Sie wusste genau, was die alte Frau dazu sagen würde. Dass es eine Sache sei, wenn

Lilliana heimlich still und leise nebenbei Kuchen für zusätzliches Geld verkaufte, aber eine ganz andere, wenn ein Lieferwagen zur Abholung der Kuchen an der Hinterseite des Hauses vorfuhr. Sie würde sagen, dass es den Ruf und das Ambiente von Monmouth stören würde.

Sie rieb sich die Augen und zog den Schlüssel aus ihrer Jeanstasche.

In dem Moment, als sie die Tür öffnete, donnerte ein Lieferwagen hinter ihr heran. Sie winkte ihnen kurz zu und betrat die Küche, wobei sie die Hintertür offen ließ und das Licht einschaltete. Sie sah sich ihre Kuchen an, die an allen verfügbaren Plätzen in der Küche aufgereiht standen. Auf der Arbeitsplatte, dem Herd, der Kücheninsel und sogar auf dem kleinen Küchentisch. Sie hatte sie bereits alle in weiße Kuchenschachteln verpackt.

Sie hasste es, sie so anzuschauen. Jetzt, da sie wusste, wofür sie benutzt wurden, fühlte sie Schuldgefühle in sich aufsteigen.

„Sind Sie Lilliana?", fragte eine tiefe Stimme hinter ihr.

Ein Schauer lief ihr den Rücken hinunter und sie drehte sich um. „Ja."

Sie erstarrte.

„Hey, ich kenne Sie." Der Mann mit den harten, aber vertrauten Augen funkelte sie an.

Sie erkannte ihn ebenfalls.

„Ich glaube nicht." Ihre Worte kamen quietschend heraus.

„Doch, ich kenne Sie." Er trat einen Schritt näher und packte ihren Arm. „Sie sind das Mädchen aus dem Lagerhaus. Die, die ich angeschossen habe." Er funkelte sie an. „Ich bin entweder ein wirklich schlechter Schütze oder Sie sind ein Werwolf."

„Sie ist doch kein Wolf. Sie hat viel zu viel Angst, um ein Wolf zu sein." Emmett Reece betrat die Küche.

Sie riss ihren Kopf zu Emmett herum. Ihre Augen wurden riesengroß. „Was? Sind Sie verrückt geworden?"

Emmett schnaubte. „Glauben Sie etwa, ich wüsste nichts davon? Ich schätze, Sie werden es leugnen, um Ihren lang-haarigen Freund zu schützen. Wir würden doch nicht wollen, dass sein kleines Werwolf-Geheimnis ans Tageslicht kommt, oder?" Ein langsames, boshaftes Lächeln breitete sich auf seinen Lippen aus.

Sie spürte, wie das Blut in einem ekelerregenden Rausch aus ihrem Gesicht in ihren Magen schoss.

Sie schüttelte den Kopf. „Sie stehen unter Drogen."

Emmett schnaubte. „Sie wussten es gar nicht, nicht wahr?" Er stieß ein Lachen aus. „Mit einem Tier ins Bett zu steigen und es noch nicht einmal zu wissen. Sie müssen noch dümmer sein, als ich es Ihnen zugetraut hätte."

„Das ist unmöglich." Die Worte glitten ihr über die Lippen.

„Was ist unmöglich? Dass es Werwölfe gibt? Oder dass Sie nicht wussten, dass Sie mit einem schlafen?"

Seine grausamen Worte trafen sie bis aufs Mark. Sie sah zu ihm auf.

„Ich weiß viel mehr, als Sie denken, Lilliana." Emmett starrte sie an. „Ich bin wirklich verstimmt darüber, dass Sie in all das verwickelt wurden. Ich hatte gehofft, Sie unter Kontrolle zu halten und weiterhin damit zu beschäftigen, Ihre kleinen Kuchen zu backen, während ich das große Geld scheffle."

Sie versuchte, sich von dem großen Mann loszureißen. Er hielt sie noch fester, zog eine Waffe aus der Tasche und zielte damit auf ihren Kopf.

„An Ihrer Stelle würde ich das nicht tun. Dieses Mal nicht. Dieses Mal verspreche ich Ihnen, dass ich nicht dane-benschießen werde." Er knurrte.

„Wie konnten Sie nur, Emmett? Sie hatten ein gutes

Leben mit einer respektablen Bäckerei. Aber Drogen verkaufen?" Sie schluckte die Angst hinunter und hob ihr Kinn als Zeichen ihrer Tapferkeit.

Er schüttelte nur den Kopf, als wäre sie ein Einfaltspinsel.

„Ich hatte ein Geschäft, das durchschnittlich läuft. Aber wissen Sie, wie viel Zeit und Energie ich in diese Bäckerei gesteckt habe? Die Geschäfte sollten besser werden und ich sollte mein Einkommen jedes Jahr steigern. Aber in dieser Wirtschaft kann ich das nicht. Ich schaue mich um und sehe all die anderen Restaurants und Geschäfte, die wunderbar laufen und stetig wachsen. Und das macht mich verdammt wütend. Sie verdienen den Erfolg und das Geld nicht, dass ihnen zufliegt." Er schob sich die Brille auf seine übergroße Nase und funkelte sie an. „Als ich also von jemandem angesprochen wurde, der meine Bäckerei benutzen wollte, um Drogen herzustellen und zu schmuggeln, habe ich die Chance ergriffen. Ich verdiene zehnmal so viel wie zuvor. Und ich muss nichts weiter tun, als die von ihnen angeheuerten Männer die Drogen in meinem Geschäft herstellen zu lassen, während ich sie lediglich in kleine Plastikbeutel fülle und sie in der Mitte von Kuchen verstecke. Tatsächlich ist es brillant. Sollte der Lieferwagen jemals von den Bullen angehalten und durchsucht werden, werden sie nur Kuchen finden."

Übelkeit breitete sich in ihrem Magen aus. „Ich kann nicht glauben, dass ich daran beteiligt war."

„Ja und niemand hätte gewusst, dass Sie nicht bereitwillig mitgemacht haben, wenn Sie Ihre Nase einfach aus meinen Angelegenheiten herausgehalten und sich weiter darauf konzentriert hätten, in der Küche zu bleiben."

Sie funkelte ihn an. „Sie hatten so ein wunderbares Geschäft. Sie haben es ruiniert."

„Nein, das habe ich nicht. Aber Sie haben es versucht. Sie und dieser Werwolf auf seinem Motorrad."

Sie riss die Augen weit auf. „Warum glauben Sie denn, dass er zu mir gehört?"

Er grinste. „Als Sie beide in das Lagerhaus eingebrochen sind, wo Sie angeschossen wurden, habe ich nach einer Beschreibung des Paares gefragt. Das Mädchen klang sehr nach Ihnen und nun, der Mann wurde beschrieben, als sähe er wie ein Biker-Rockstar aus. Ich erinnere mich, ihn in der Bäckerei gesehen zu haben. Ich habe ihm aus Versehen einen Ihrer Kuchen verkauft."

Das Blut gefror in ihren Adern und sie schlang ihre Arme um die Brust. „Das Haus ist voller Gäste. Ich bin mir sicher, Sie würden nicht wollen, dass ich laut schreie und sie alle darauf aufmerksam mache, was hier unten vor sich geht."

„Wenn Sie das tun, werde ich ihn einfach alle im Haus töten lassen. Das wäre gar nicht so schwer." Emmett zuckte mit den Schultern. „Es wäre auch eine interessante Schlagzeile. Wir würden sogar die gute alte Mrs. Spell töten."

„Also gut. Dann töten Sie mich einfach." Das drohende Unheil brach über sie herein. Sie hatte ihren letzten Tag auf Erden erreicht.

Ihre Gedanken schweiften zu Killian.

Sie würde ihn nie wiedersehen. Sie würde nie wieder in seinen Armen liegen. Sie würde ihn nie wieder küssen.

„Sie töten? Warum sollten wir Sie töten?" Emmett schnaubte. „Ich brauche Sie. Sie müssen weiter Kuchen backen, damit ich meine Ware transportieren kann. Aber ich kann Sie auch nicht hier lassen. Also werden Sie einfach mit mir mitkommen müssen", höhnte er.

„Was ist mit Mrs. Spell? Sie wird die Polizei rufen, wenn ich heute nicht zum Frühstückmachen auftauche." Ihr Herz galoppierte in ihrer Brust.

„Nicht wenn Sie ihr eine Nachricht hinterlassen, dass Sie kündigen."

„Aber ich ..."

„Aber was?" Emmett trat vor und lehnte sich ganz nah an ihr Gesicht. „Sie haben keine Wahl, Lilliana. Sie können sich entweder weigern mitzukommen und ich werde Sie und jeden in diesem Haus töten. Oder Sie können Mrs. Spell sagen, dass Sie kündigen, und dann mit mir mitkommen, bevor noch jemand verletzt wird."

Tief in ihrem Inneren spürte sie, dass er nicht log. Er hätte keinerlei Vorbehalte, ein Leben zu beenden, egal wessen es war.

„Ich werde mitkommen", sagte sie leise. Sie faltete ihre zitternden Hände vor sich zusammen. „Ich werde Mrs. Spell wecken gehen und ihr sagen, dass ich kündige."

„Dafür haben wir keine Zeit." Emmett ging zum Kühlschrank herum und schnappte sich den magnetischen Notizblock von der Kühlschranktür. Er zog diverse Schubladen auf, bis er schließlich einen Stift fand.

„Hier." Er schob ihr den Zettel und Stift entgegen. „Machen Sie schnell." Er sah den Kerl an, der noch immer seine Waffe auf sie gerichtet hatte. „Achte darauf, dass sie keinen Hilferuf schreibt. Ich fange an, die Kuchen einzuladen."

Lilliana blinzelte die brennenden Tränen zurück, drückte den Stift auf das Papier und kritzelte schnell ihre Kündigung darauf.

KAPITEL 36

Killian zuckte zusammen, als Mercedes ihr Oberteil auszog und ihm ihre Brüste ins Gesicht drückte.

Er stand wirklich nicht auf sie und sie musste es anhand seiner Körpersprache klar erkennen können. Aber er war auf einer Mission und wollte seine Tarnung nicht auffliegen lassen.

„Mercedes, du kommst den Kunden ein bisschen zu nahe." Ein großer Mann in einem schwarzen T-Shirt stand in der Tür. Er funkelte Killian an, als er die barbusige Stripperin ansprach. Killian starrte zurück.

„Er hat nach Nachtisch gefragt." Mercedes drehte sich um und begann, ihr Hinterteil an Killians Schritt zu reiben.

„Kommt gleich." Der Mann warf Killian noch einen Blick zu und verschwand.

Ein paar Sekunden später erschien eine weitere Stripperin mit langen, schwarzen Haaren und dunklen Augen. Sie trug ein strahlend blaues Outfit, das nur knapp ihre Brüste und ihren Hintern bedeckte. Außerdem trug sie ein Tablett mit einem Stück Apfelkuchen.

„Hier bitte schön, Baby. Der beste Nachtisch, den man für Geld kaufen kann."

Sie stellte das Tablett auf den Tisch. Er bemerkte, dass unter dem Teller eine kleine Plastiktüte versteckt war, die scheinbar Drogen enthielt.

„Das macht neunzig." Mercedes rutschte von seinem Schoß und drehte sich zu ihm um.

Er sah die beiden Stripperinnen an und zog seine Brieftasche heraus. Er reichte ihr einen Einhundert-Dollar-Schein und sagte: „Behalte den Rest." Er stand auf, griff nach den Drogen und schob sie in seine Hosentasche.

Er verließ den Raum und sah sich nach Brutus um.

Der Wolf befand sich an der Bar. Er versuchte, zwei übereifrige Stripperinnen zu ignorieren, die ihm einen privaten Lap-Dance aufschwatzen wollten.

Killian schüttelte den Kopf und gesellte sich dazu.

„Entschuldigen Sie uns, meine Damen, aber mein Freund und ich müssen jetzt gehen." Er klopfte Brutus auf die Schulter.

„Aber wir lernen ihn doch gerade erst kennen." Die rothaarige Stripperin schmollte.

„Ja. So süße Typen wie ihr kommen normalerweise nicht hierher", säuselte die Blondine und rieb ihre Hand über Killians Brust.

Er griff danach und schenkte ihr ein Lächeln. „Entschuldigt uns. Die Pflicht ruft, meine Damen."

„Oh cool. Seid ihr beide beim Militär?" Die Augen der rothaarigen Frau weiteten sich mit Wertschätzung.

Killian zog eine Grimasse und sah Brutus an. Der Wolf war so stoisch wie eh und je.

„Wir lieben Männer in Uniform", seufzte die zweite Stripperin.

„Ja, nun, wir sind beide vergeben. Tut mir leid, die

Damen." Killian nickte Brutus zu und sie bahnten sich ihren Weg zur Vordertür.

„Hast du bekommen, was wir wollten?", fragte Brutus.

„Ja. Und jetzt wissen wir, wo sie die Drogen vertreiben. Sobald wir wieder in Natchez sind, gehen wir zurück in diese Bäckerei und finden heraus, wo sich die Basis dieser Operation befindet. Es muss irgendwo in dem Gebäude sein. Wir müssen sie dort ausschalten, um die Versorgungskette ein für alle Mal zu zerstören."

„Und du bist dir wirklich sicher, dass Lilliana nichts damit zu tun hat?", fragte Brutus, als er zur Tür hinaustrat. Die frühmorgendliche Luft war klar und erfrischend. Es war eine willkommene Abwechslung zu dem verrauchten Gebäude, in dem sie sich bis eben befunden hatten.

„Ich bin mir sicher." Er stieg auf seine Harley-Davidson Breakout und zog sein Handy aus der Tasche. „Lass mich kurz mit ihr sprechen, bevor wir zurückfahren."

„Alter, du stehst voll unter ihrem Pantoffel." Brutus lachte und stieg auf sein Motorrad.

„Tue ich nicht." Killian knurrte und wählte ihre Handynummer.

Er warf einen Blick auf die Uhrzeit. Es war früh, aber sie war es gewohnt, früh aufzustehen, da sie ihre Lieferung erledigen wollte, bevor sie das Frühstück für die Gäste im Haus zubereitete.

Er runzelte die Stirn und legte auf.

„Was ist los?", grunzte Brutus.

„Sie antwortet nicht."

„Sie ist beschäftigt. Oder vielleicht will sie einfach noch nicht wieder mit dir reden."

Er schüttelte den Kopf. „Nein, das ist es nicht." Er sah seinem Freund in die Augen. „Brutus, ich habe ein sehr schlechtes Gefühl."

„Scheiße Mann, ich hasse deine Bauchgefühle." Er zog eine Grimasse.

„Aber ich habe immer recht damit." Killian schob das Telefon zurück in die Tasche und ließ den Motor an.

Sie mussten, so schnell sie konnten, nach Natchez zurückkehren.

KAPITEL 37

*L*illiana stand in der Backstube der Natchez Bäckerei und starrte Emmett an. Er und der angeheuerte Schläger, der sie angeschossen hatte, hatten sie mit in die Bäckerei genommen, nachdem sie alle Kuchen auf die Ladefläche des Transporters geladen hatten.

Sie konnte nicht aufhören zu zittern. Noch nie in ihrem ganzen Leben hatte sie solche Angst gehabt. Sie dachte an Mrs. Spell und fühlte sich schlecht, weil sie ihr lediglich eine Notiz hinterlassen hatte, anstatt persönlich mit ihr zu sprechen. Aber es war besser so. Sie wollte wirklich nicht, dass die alte Dame verletzt wurde.

Sollte sie jemals aus diesem Schlamassel herauskommen, müsste sie irgendwo anders neu anfangen. In diesem Moment machte ihr das jedoch weniger Angst als der Gedanke an ihren bevorstehenden Tod.

„Also was wollen Sie von mir? Ich habe die Kuchen für heute doch schon gebacken." Sie schaute zu Emmett hinüber und faltete ihre Hände zusammen, damit sie nicht so zitterten.

„Da Sie nicht mehr nach Monmouth zurückkehren

werden, haben Sie mehr Zeit, noch mehr Kuchen zu backen. Anstelle von zwanzig Kuchen pro Tag können wir die Menge einfach verdoppeln", höhnte er.

„So viele Kuchen kann ich an einem Tag nicht backen." Sie riss ihre Augen weit auf.

„Natürlich können Sie das. Und Sie werden es auch. Sehen Sie, wir wissen so ziemlich alles, was es über Sie zu wissen gibt, Lilliana. Wir wissen, dass Sie eine Mutter haben, die immer noch arbeitet und allein lebt. Haben Sie eine Ahnung, wie viele Gefahren es für Frauen in ihrem Alter gibt, die allein leben? Mir fallen spontan mindestens zwanzig verschiedene Wege ein, wie sie ihren Tod finden könnte." Das Böse strahlte aus seinen Augen.

Horror schoss durch ihre Adern.

Sie schluckte ihre Angst hinunter. „Sagen Sie mir, was ich machen soll. Aber tun Sie meiner Mutter nichts."

„Fangen Sie an zu backen."

„Gut." Sie ging zum Kühlschrank und nahm die Butter heraus.

„Nicht hier. Sie werden im Keller backen." Er zog einen Schlüssel aus der Tasche und hielt ihn hoch.

„Ich wusste nicht, dass es hier einen Keller gibt."

„Ich habe ihn selbst erst vor ein paar Jahren entdeckt. Als ich mein Geschäft erweitert habe, habe ich ihn gewissermaßen aufgerüstet." Er ging zu einem der Schränke herum und schob ein paar große Kanister zur Seite. Dann steckte er den Schlüssel in eine kleine Öffnung an der Rückseite.

Plötzlich öffnete sich der Holzboden und enthüllte eine Treppe.

„Die Dame zuerst." Er grinste und winkte sie nach unten.

Vorsichtig bahnte sie sich den Weg die Treppe hinunter und stieg, dicht gefolgt von Emmett, in die Dunkelheit hinab. Als sie unten ankam, legte Emmett einen Lichtschalter um, und der gesamte geheime Raum erstrahlte hell.

Die Fläche war riesig und enthielt eine industrielle Küche. Töpfe, Pfannen und Mixer standen auf einer sechs Meter langen Edelstahlarbeitsplatte. Der Boden war aus Beton und die Wände aus Backstein. Von der Decke hingen Leuchtstoffröhren herab.

„Es ist nicht so schön wie die Küche oben." Emmett zeigte an die Decke. „Aber wir verlangen auch nicht von Ihnen, dass Sie Kuchen backen, die gut schmecken. Wir erwarten, dass Ihre Kuchen die Form halten, damit wir die Drogen darin transportieren können." Er ging zum hinteren Ende des abgedunkelten Raumes hinüber. Dort legte er einen weiteren Schalter um.

Der Rest des großen Raumes erstrahlte im Licht. In einem weiteren Raumabschnitt, der von einer Glaswand umschlossen war, befanden sich zwölf Personen. Sie alle trugen große Masken auf den Gesichtern und waren damit beschäftigt, irgendetwas zu mischen, als würden sie in einem Labor arbeiten.

Keiner von ihnen sah so aus, als hätte er im letzten Monat auch nur ein einziges Mal geduscht. Einer von ihnen sah auf und schaute Lilliana direkt in die Augen. Als er seine Maske entfernte und grinste, entblößte er eine Reihe vergilbter Zähne.

Emmett kam zu ihr und reichte ihr eine Maske. „Setzen Sie die auf."

Sie sagte nichts, sondern gehorchte. Sobald Emmett seine eigene Maske auf dem Gesicht gesichert hatte, näherte er sich einer Glastür an der Wand und drückte ein paar Knöpfe.

Die Tür schwang auf und sie traten ein.

Trotz der Maske konnte Lilliana immer noch den üblen Geruch der Drogen riechen, die dort hergestellt wurden. Chrystal Meth.

„Sie werden an der Seite dieser Herren hier arbeiten. Sie gehören nicht derselben Spezies an wie sie und ich. Das hier

sind alles Wölfe." Emmetts Stimme triefte nur so vor Verach-
tung. „Sie werden die Kuchen backen und sobald sie die
Drogen fertig haben, stecken Sie sie in die Mitte der Kuchen
und dann glasieren Sie sie."

Plötzliche Übelkeit überrollte sie.

„Ich glaube nicht, dass ich mit ihnen mithalten könnte.
Es dauert sehr lange, einen Kolibri-Kuchen zu backen und
…"

„Dann lassen Sie all das Zeug, das Sie nicht brauchen,
einfach weg."

„Was?" Sie sah ihn an und runzelte die Stirn.

„Ich brauche keine Kolibri-Kuchen. Ich brauche etwas,
das einem Kolibri-Kuchen ähnlich sieht. Wenn das bedeutet,
dass Sie mit einer Backmischung backen müssen, dann tun
Sie es. Und lassen Sie die Bananen und Ananas weg."

Sie warf ihm einen Blick zu.

„Ich will, dass sie schön aussehen. Es ist mir egal, wie sie
schmecken." Er schnaubte und verließ den verglasten Raum.
Sie folgte ihm schnell.

Die Tür schloss sich hinter ihnen, aber die Arbeiter
starrten sie immer noch an. Konnte es möglich sein, dass
Emmett die Wahrheit gesagt hatte? Dass sie Werwölfe
waren?

„Ich glaube nicht, dass ich hier unten bei denen arbeiten
kann." Sie senkte die Stimme.

„Warum nicht?"

„Weil es zu gefährlich ist, wenn sie wirklich Werwölfe
sind, so wie sie es sagen. Was passiert, wenn sie aus diesem
Glasraum ausbrechen und mich angreifen?" Sie blickte zu
Emmett auf.

„Sie können den Glasraum nicht verlassen. Und solange
Sie ihre Arbeit tun und backen, werden sie sich noch nicht
einmal die Mühe machen, Sie auch nur eines Blickes zu
würdigen", höhnte er.

Sie schüttelte den Kopf. Alarmglocken gingen in ihrem Kopf los. „Sie verstehen es nicht. Ich kann nicht …"

„Halten Sie den Mund!" Jetzt schrie er sie an. „Wenn Sie noch ein Wort sagen, schneide ich Ihnen die Zunge ab."

Sie trat einen Schritt zurück, schockiert von seiner Boshaftigkeit.

„Vergessen Sie nicht, dass Sie nicht wie Ihr Wolfsfreund sind. Sie sind ein Mensch. Und eine Kugel in den Kopf ist tödlich für sie." Er zupfte sich einen unsichtbaren Fussel von seinem Hemd. „Ich will Sie nicht töten müssen. Es wäre eine Verschwendung. Aber ich werde Sie verstümmeln, gerade genug, um Sie in Schach zu halten. So wie zum Beispiel Ihre Zunge herauszuschneiden. Dann hätten Sie wenigstens nicht mehr so eine große Klappe."

Sie presste die Lippen zusammen.

Das Blut in ihren Adern gefror vor Entsetzen.

Er warf den Kopf zurück und lachte. „Sehen Sie, Lilliana, ich wusste doch, dass Sie ein kluges Mädchen sind. Jetzt werde ich Sie in Ruhe lassen, damit Sie mit der Arbeit beginnen können. Und sobald ich diese Geheimtür schließe, wird niemand mehr hören, was hier unten vor sich geht. Also denken Sie noch nicht einmal daran, zu schreien. Sonst werden die Jungs in dem Glasraum noch wütend. Und das wollen wir doch nicht, oder?"

„Nein." Kalter Schweiß brach an ihrem ganzen Körper aus. Selbst wenn Killian nach ihr suchen würde, würde er nicht wissen, dass sie hier unten war.

Sie sah Emmett hinterher, der die Treppe hinaufstieg. Als er die geheime Tür hinter sich schloss, spürte sie Verwirrung und Horror in sich aufsteigen.

Sie war allein. Ohne jegliche Hoffnung jemals wieder gehen zu können.

KAPITEL 38

*K*illian raste durch die Stadt Natchez und kümmerte sich nicht darum, ob die Polizei ihn anhalten würde oder nicht.

Seit sie Memphis verlassen hatten, war er den Highway hinuntergedonnert, als wäre der Teufel selbst hinter ihm her.

Lilliana.

Er musste zu ihr gelangen.

Er hatte es nicht gemerkt, als sie losgefahren waren, aber jetzt fügten sich seine Gedanken wie die Teile eines Puzzles zusammen.

Sie war schwanger. Mit seinem Kind.

Er hatte die Veränderung ihres Geruchs wahrgenommen. Und nicht einmal an Schwangerschaft gedacht, weil es für einen Menschen undenkbar war, ein Werwolfkind auszutragen und zur Welt zu bringen. Das Sperma würde die Eizelle nicht befruchten. Bei Werwölfen dauerte es für gewöhnlich eine Weile, bevor sie schwanger wurden. Aber er hatte den Duft an Lilliana erkannt, weil er denselben Duft an Jacey, Barretts schwangerer Gefährtin, gerochen hatte.

Die Chancen standen schlecht für sie und doch war sie mit seinem Kind schwanger geworden.

Das veränderte alles. Jetzt musste er ihr genau erzählen, wer und was er war. Und hoffen, dass sie ihn noch immer in ihrem Leben haben wollte.

Er wünschte sich ein Leben mit ihr und ihrem Kind. Er wollte sie für immer haben.

Als er schließlich in die Einfahrt von Monmouth bog, spürte er, wie sich die Spannung in seinen Schultern löste. Er parkte hinter dem Haus, wo sich die Küche befand. Er musste sie unbedingt sehen, um sicher zu sein, dass es ihr gut ging.

„Du hast Glück, dass du nicht angehalten wurdest, Killian." Brutus fuhr neben ihm heran und schaltete den Motor aus. „Auf diese Weise zu fahren ist nicht gerade die Art, wie man sich bedeckt hält."

„Jetzt nicht, Brutus." Er eilte die Stufen zur Hintertür hinauf. Dann öffnete er die Tür und betrat die Küche.

Er erstarrte, als er Lilliana nicht sehen konnte. Er schaute auf die Uhr.

„Killian, wir haben Sie beim Frühstück vermisst." Mrs. Spell betrat den Raum mit einer Tasse Tee in der Hand.

Frühstück. Das bedeutete, sie war hier und in Sicherheit.

Er stieß einen erleichterten Atemzug aus. Er musste sie finden und ihr sagen, wer er war. Und dass er für immer mit ihr zusammen sein wollte.

„Es tut mir leid, dass ich das Frühstück verpasst habe. Ich wette, es war ganz wunderbar." Er schenkte der alten Frau ein kleines Lächeln.

„Damit liegen Sie falsch. Es war schrecklich." Sie kniff die Augen zusammen.

„War es das?"

„Ja, allerdings. Weil Lilliana verschwunden ist und gekündigt hat." Sie knallte ihre Teetasse auf den Tresen.

„Was?" Entsetzen braute sich in seinem Magen zusammen.

„Als ich aufgewacht bin, fand ich nichts als eine Nachricht, die sie auf einen Notizblock gekritzelt hat." Mrs. Spell schüttelte den Kopf. „Sie hatte nicht einmal den Anstand, Briefpapier zu benutzen. Dieses Mädchen. Sie hat mich wirklich sehr enttäuscht."

Er packte die ältere Frau bei den Schultern und sah ihr in die Augen. „Soll das heißen, dass Lilliana nicht hier ist?"

Sie löste sich aus seinem Griff und warf ihm einen seltsamen Blick zu. „Genau das will ich damit sagen. Sie hat gekündigt. Und mich im Stich gelassen, ohne Frühstück für die Gäste zuzubereiten." Sie rückte sich das graue Haar zurecht. „Ich musste ein paar Kekse mit einer Backmischung backen und schon wieder Rührei braten." Sie schüttelte den Kopf. „Die Gäste fangen schon an, sich zu beschweren."

Brutus betrat den Raum und hielt inne. „Was ist hier los?"

„Lilliana ist nicht hier."

„Denkst du, sie ist abgehauen?" Brutus neigte den Kopf.

Killian starrte den Wolf streng an. „Nein. Ich glaube, sie wurde entführt."

Mrs. Spell schnappte nach Luft und drückte sich eine Hand auf die Brust. „Entführt? Wieso das denn? Aber wenn sie entführt worden wäre, hätten ihre Entführer doch Lösegeld gefordert, oder nicht? Außerdem hat sie die Nachricht hinterlassen, dass sie kündigen will."

Killian ignorierte die Frau und schaute suchend über den Tresen. „Wo ist die Nachricht, die sie hinterlassen hat?"

„Hier." Mrs. Spell öffnete eine Schublade und zog einen Zettel heraus.

Er las sich die Notiz schnell durch und gab sie ihr zurück. „Wo ist der Block, den sie benutzt hat?"

Mrs. Spell runzelte die Stirn und ging zum Kühlschrank.

Sie zog den Notizblock ab und reichte ihn ihm. „Wozu brauchen Sie den? Es steht nichts darauf."

„Haben Sie einen Bleistift?"

„Ja." Sie wühlte in einer Schublade herum und fand einen Bleistift. Er griff danach und ließ die Mine seitlich über das Papier gleiten.

Die Buchstaben NB kamen zum Vorschein.

Er hob den Zettel hoch.

Mrs. Spell runzelte die Stirn. „NB? Was soll das heißen? Ist das irgendeine Zutat?"

„Nein, es ist ein Hinweis." Er sah Brutus an. „Ich glaube, ich weiß, wo sie ist."

„Lass uns gehen", murmelte Brutus.

Sie eilten zur Hintertür. Mrs. Spell packte seinen Arm.

Er drehte sich um und sah die Frau an.

„Glauben Sie wirklich, dass Lilliana etwas zugestoßen ist?" Sorge verzerrte ihr Gesicht.

„Ich denke, dass Sie sich bei Lilliana entschuldigen und ihr eine großzügige Lohnerhöhung geben müssen, wenn das alles vorbei ist." Er trat zur Tür hinaus und lief in Richtung Motorrad.

KAPITEL 39

*E*s gelang Lilliana, in zwei Stunden sieben Kuchen zu backen. Mit den großen industriellen Öfen und der riesigen Anzahl an Kuchenformen war es keine große Sache, den Teig zu mischen und in die Formen zu füllen. Es half auch, dass sie weder Früchte noch andere geheime Zutaten hinzufügen musste, die ihre Kuchen so besonders machten.

Sie platzierte die Böden auf Kuchengittern und richtete ihre Aufmerksamkeit darauf, die Glasur zu mischen. Als sie die Schranktüren öffnete, fand sie stattdessen jedoch reihenweise Behälter mit Fertigzuckerguss darin vor.

„Jetzt helfe ich nicht nur kriminellen Verbrechern und ihren Aktivitäten, sondern werde auch noch gezwungen, gekauften Zuckerguss zu verwenden", murmelte sie vor sich hin.

Das Klopfen gegen die Glasscheibe ließ sie zusammenzucken. Sie drehte sich um und schaute zu der Gruppe von Männern hinüber, die das Crystal Meth herstellten.

Drei von ihnen hatten aufgehört zu arbeiten und standen an der Glasscheibe, um sie anzustarren.

Es lief ihr kalt den Rücken hinunter. Sie wandte sich ab.

Irgendetwas an ihnen schien wirklich nicht menschlich zu sein.

Sagte Emmett die Wahrheit?

Sie schaute sie wieder an. Einer der Männer hatte sein Gesicht gegen das Glas gepresst und leckte es ab, während er sie mit einer Mischung aus Wollust und Hass anfunkelte. Seine dunklen Augen begannen sich zu verändern. Plötzlich wurden sie gelb.

Angst packte ihr Herz. Sie erstickte einen Schrei. Was ging da vor sich? Dies war nicht menschenmöglich.

Sie zwang sich, zurück auf die Arbeitsplatte zu schauen. Sie hatte viele Kuchenschichten, auf die sie Zuckerguss auftragen musste. Sie würde sich einfach auf die Arbeit konzentrieren und den Horror und die Angst aus ihren Gedanken verdrängen.

KAPITEL 40

Killian hielt in der Nähe der Natchez Bäckerei am Straßenrand an. Er stellte den Motor ab und rutschte von der Maschine. Ungeduldig wartete er darauf, dass Brutus ihm folgte.

„Was ist dein Plan?" Brutus knackte mit den Fingerknöcheln und sah sich um. Obwohl es fast Mittag war, waren nur wenige Menschen auf der Straße unterwegs. Und noch Weniger parkten vor der Bäckerei.

„Der Plan ist, hineinzustürmen und Lilliana dort rauszuholen. Und dann bringe ich sie alle um." Er würde sie und ihr ungeborenes Kind um jeden Preis beschützen.

„Du willst also sagen, dass du keinen Plan hast", sagte Brutus ruhig. „Killian, du vergisst, dass du wie ein Wächter denken musst. Und nicht wie ein Attentäter. Du brauchst einen Plan."

Killian riss seinen Kopf zu dem Wolf herum. „Ich töte. Das ist es, was ich tue. Das ist es, was ich bin."

„Stimmt. Aber du bist auch noch mehr als nur ein Killer."

Killian erstarrte. Er war sich nicht sicher, was er von Brutus' Worten halten sollte. Er öffnete den Mund, um zu sprechen, aber Brutus streckte ihm seine behandschuhte Hand entgegen.

„Da ich der Klügste unserer Gruppe bin, werde ich mir einen Plan ausdenken." Er schaute zurück auf die Bäckerei. „Sie wissen, wie du aussiehst, aber mich kennen sie nicht. Ich gehe vorn hinein. Ich werde einen Kolibri-Kuchen bestellen, um sie abzulenken. Das sollte dir genügend Zeit geben, durch die Hintertür ins Gebäude zu gelangen. Wenn sie hier ist, wird sie nicht leicht zu finden sein. Ich würde jede Wette eingehen, dass sie die Drogen direkt hier in der Bäckerei herstellen."

„Würden sie das tun, könnten es alle riechen. Ich meine, Chrystal Meth stinkt schrecklich."

„Vielleicht machen sie es in einem anderen Teil des Gebäudes." Brutus schüttelte den Kopf.

„Ich war nachts dort drin. Ich habe das ganze Gebäude abgesucht. Und konnte nichts finden …" Er sah Brutus plötzlich an.

„Was?"

„Ich habe nichts gefunden außer einem Schlüssel, der zu keiner der Türen passte."

„Dann passt er in ein Schloss, das du nicht entdeckt hast." Brutus sah ihn mit zusammengekniffenen Augen an.

Killian starrte auf das Gebäude. Sein Blick fiel auf einen Gullydeckel an der Vorderseite des Gebäudes. „Was wäre, wenn sie die Drogen unterirdisch zusammenbrauen. Sie könnten den Geruch durch das Abwassersystem leiten. Ich wette, Menschen würde der Gestank so überhaupt nicht auffallen."

„Uns aber schon." Brutus nickte. „Warte hier und lass mich nachsehen, bevor du hinten reingehst." Er joggte zur Bäckerei hinüber. Als er den Gully erreichte, blieb er stehen und tat so, als würde er sich den Motorradstiefel zubinden.

Er warf Killian einen Blick über seine Schulter zu und nickte ein Mal knapp. Er hatte Meth gerochen.

Erleichterung machte sich in Killian breit. Jetzt wusste er, wo die Drogen hergestellt wurden, und dass sie Lilliana im Untergrund festhielten.

Er musste sie nur noch finden.

KAPITEL 41

*B*rutus betrat die Natchez Bäckerei und blieb stehen. Der Laden war fast leer, bis auf eine kleine alte Dame, die ungeduldig am Tresen wartete.

Niemand bediente sie.

Er stellte sich neben sie hin.

Sie drehte sich zu ihm um und kniff die Augen zusammen. „Hören Sie mir gut zu, junger Mann. Denken Sie ja nicht, Sie können sich vordrängeln."

„Das würde mir im Traum nicht einfallen", grunzte Brutus.

„Das sagen Sie jetzt, aber wenn jemand rauskommt, wird er direkt zu Ihnen kommen und mich völlig ignorieren." Sie zeigte mit dem Finger auf ihn.

„Ich weiß, wie man wartet, bis man dran ist", versicherte er ihr.

„Und ich habe es satt, hierherzukommen und nicht das zu kriegen, was ich haben will."

Er wandte sich ihr zu und schaute ihr in die alten Augen und das runzelige Gesicht. „Warum kommen Sie dann immer wieder her?"

Sie presste ihre Lippen zu einer dünnen Linie zusammen. „Weil ich immer wieder höre, dass diese Kolibri-Kuchen ausverkauft sind. Und Donnerwetter, heute hole ich mir einen. Ich werde auch nicht jünger, wissen Sie."

„Sie wollen diese Kuchen nicht." Er drehte sich zur Theke um.

„Warum nicht?"

„Weil sie das Geld nicht wert sind. Ein Twinkie-Kuchen ist viel besser." Er lehnte sich über den Tresen und entdeckte einen großen, dünnen Mann im Backstubenbereich. Der Mann nickte und hielt einen Finger hoch, bevor er sein Gespräch mit jemandem dort hinten fortführte.

„Gute Frau, ich glaube, Sie sollten jetzt lieber gehen." Er tastete nach der Sig Sauer in seinem Holster. „Es könnte hier gleich Ärger geben."

„Es wird auf jeden Fall Ärger geben. Ich werde diesen Laden wegen Altersdiskriminierung verklagen."

„Weswegen?" Er runzelte die Stirn und sah sie an.

„Altersdiskriminierung. Sie diskriminieren mich, weil sie mir meines Alters wegen nichts verkaufen wollen." Sie hob das Kinn. „Ich habe acht Kinder großgezogen, war mehrfach verheiratet und habe jede Woche ehrenamtlich beim Kirchenbingo mitgeholfen. Ich verdiene diesen Kuchen."

Sie schlug mit der Hand auf den Tresen. „Ich verlasse diese Bäckerei nicht, bis ich einen Kolibri-Kuchen bekomme."

„Gut. Aber er wird sie wahrscheinlich umbringen." Er seufzte und richtete seine Aufmerksamkeit auf den großen Mann, der jetzt aus dem hinteren Bereich an den Tresen trat.

„Viele Dinge könnten mich töten. Ich habe keine Angst davor, meinen Cholesterinspiegel zu erhöhen." Sie funkelte ihn an.

„Kann ich Ihnen helfen?" Der große Mann stand hinter dem Tresen und blickte von der alten Frau zu ihm.

Brutus schaute an ihm vorbei und sah einen schwarzen Blitz vorbeihuschen. Er wusste, dass Killian es hineingeschafft hatte. Jetzt brauchte er den Mann nur noch so lange zu beschäftigen, bis Killian Lilliana aus dem Gebäude bringen konnte.

„Ich möchte einen Kolibri-Kuchen", sagten er und die alte Frau gleichzeitig.

Brutus blickte zu der Frau und funkelte sie an. Sie warf Blicke zurück, als wollte sie ihn töten.

„Ich fürchte, dieses Produkt ist heute bereits ausverkauft. Ein anderer Käufer hat alle gekauft, die wir hatten." Der Mann sah Brutus an.

„Sie lügen doch", rief die alte Frau. Sie zeigte auf den hohen Kuchen in der Vitrine. „Dort steht doch einer."

„Und der ist ebenfalls schon verkauft", erwiderte der Mann. Er sah Brutus an. „Aber wenn der Herr eine Bestellung für morgen aufgeben möchte, bin ich mir sicher, dass sich das einrichten ließe."

„Sie vertrockneter, schnüffelnder, schnabelnasiger Wiesel", schrie die Frau. „Ich bin vor ihm dran. Ich bin als Nächstes dran zu bestellen. Nicht er." Sie zeigte mit dem Daumen in Brutus' Richtung.

„Es tut mir leid, Ma'am. Aber er war zuerst hier." Der Mann funkelte sie an.

„Sie sind ein Lügner", stellte Brutus fest.

„Entschuldigen Sie bitte?" Der Mann presste die Lippen zusammen und lehnte sich über den Tresen.

Brutus konnte am Geruch des Mannes erkennen, dass er ein Mensch war. Er wusste auch, dass dieser Mann von ihm eingeschüchtert sein sollte. Er war es aber eindeutig nicht.

„Ich sagte, Sie sind ein Lügner. Diese Dame war vor mir hier. Sie hat bereits gewartet, als ich hereinkam." Er verschränkte die Arme vor der Brust.

„Ist dem so?" Er neigte den Kopf. „Nun, vielleicht will ich

ihr keinen Kuchen verkaufen. Und Ihnen auch nicht, wenn wir schon dabei sind."

„Sehen Sie." Die alte Frau zeigte mit dem Finger auf den Besitzer und schaute Brutus an. „Ich habe Ihnen doch gesagt, dass er alte Frauen hasst. Das verstößt gegen das Gesetz, wissen Sie." Sie funkelte ihn an.

„Und wissen Sie, was noch gegen das Gesetz verstößt? Ruhestörung. Ich rufe die Polizei." Er streckte sein Kinn in die Luft.

„Machen Sie das ruhig, Sie Arschloch. Nur zu. Ich bin mir sicher, dass die liebe Polizei von Natchez auch daran interessiert ist, von Ihren anderen Geschäften zu erfahren. Von den illegalen", höhnte Brutus.

Der Mann riss die Augen weit auf und blickte durch die Hintertür, aus der er gekommen war. Er nickte leicht mit dem Kopf.

Drei große, angeheuerte, mit Maschinengewehren bewaffnete Männer traten nach vorn.

Er stellte sich vor die Frau und kniff die Augen zusammen. „Lassen Sie die alte Dame gehen und wir klären das hier unter uns."

„Ich gehe nirgendwohin, bis ich nicht meinen Kolibri-Kuchen bekommen habe."

Brutus seufzte und blickte über seine Schulter. „Sind Sie blind oder einfach nur verrückt? Die haben Waffen. Wirklich große Waffen."

„Schätzchen, meinen Sie denn, dass mir das Angst macht?" Sie wühlte in ihrer Handtasche herum und zog eine Magnum heraus. Sie fuchtelte mit dem Finger am Abzug in der Luft herum.

Alle traten einen Schritt zurück.

„Langsam, Verehrteste." Der Besitzer wurde sichtlich blass. Er sah Brutus hilfesuchend an. „Können Sie Ihre Oma nicht unter Kontrolle bringen?"

„Oma? Sehe ich etwa wie seine Oma aus?" Sie wedelte mit der Waffe in der Luft herum.

Die Blicke der drei Männer sowie der des Besitzers waren auf die alte Dame gerichtet. Einer der Männer hob langsam seine Waffe.

Brutus zog seine 9 mm und zielte damit auf den Mann. „Ganz ruhig, Kumpel. Du willst doch bestimmt, dass du lebendig hier rauskommst, oder? Es bringt nichts, das Gebäude in einem Leichensack zu verlassen."

„Ich habe keine Angst vor dem Tod." Der Kerl sah ihm in die Augen und ein sadistisches Lächeln breitete sich auf seinem Gesicht aus. Seine Zähne waren vom Drogenkonsum vergilbt und die Augen ganz glasig.

Scheiße. Er wusste augenblicklich, dass der Typ auf Meth war.

Und Meth-Junkies waren unberechenbar.

KAPITEL 42

Killian wartete, bis Brutus die Natchez Bäckerei betreten hatte, bevor er sich zur Rückseite des Gebäudes begabt. Er hielt inne, als er zwei große Männer entdeckte, die die Hintertür bewachten.

In dem Moment wusste er, dass Lilliana dort festgehalten wurde. Warum sonst sollten sie Männer an der Tür postieren?

Sie drehten sich um und starrten ihn an, als er sich näherte.

„Du darfst nicht hier hinten sein." Der große Mann mit Muskeln und ohne Hals kam auf ihn zu.

„Ich habe mich gefragt, ob ihr mir helfen könnt. Ich bin auf der Suche nach einem Mädchen."

„Schau mal, du Arschloch. Du musst verschwinden. Bevor wir dir den Arsch aufreißen." Der zweite Typ trat vor und ballte seine Hände zu fleischigen Fäusten.

„Ach nein, das ist wirklich nicht sehr nett." Killians Lächeln verblasste und er knurrte.

„Ich werde dir zeigen, was nicht nett ist." Der Typ riss den Arm zurück und schlug zu. Killian wich ihm aus und schleuderte sich mit seinem vollen Körpergewicht gegen den Mann. Sie landeten mit einem lauten Aufschlag am Boden.

Er vergrub seine Faust im Kiefer des Mannes und schaute gerade noch rechtzeitig auf, um zu sehen, wie der zweite Typ eine Waffe aus dem Gürtel seiner Jeans zog. Er richtete sie auf Killian.

Aber Killian war schneller. Er sprang auf die Füße. Die Waffe ging los.

Er stieß den zweiten Mann zu Boden, griff nach einem Ziegelstein und schlug ihm damit ins Gesicht. Der Typ verdrehte die Augen und Blut tropfte aus seiner Nase.

Killian kam auf die Beine. Das Blut rauschte wütend durch seine Adern.

Er hatte nicht mehr viel Zeit. Alle im Gebäude hätten den Schuss gehört und würden herausgeeilt kommen, um herauszufinden, was das Problem war.

Er griff nach den beiden Waffen, entlud sie und warf sie in die Mülltonne neben der Tür.

Dann riss er die Hintertür auf und eilte hinein, um Lilliana zu finden.

KAPITEL 43

illiana erstarrte bei dem leisen Geräusch. Es war kaum hörbar gewesen. Was auch immer es war, es musste laut gewesen sein, wenn sie es hier unten hören konnte. Sie schaute zur Decke hinauf.

„Killian", flüsterte sie leise. War er hier? Hatte er sie bis zur Bäckerei zurückverfolgt?

Sie starrte zum Glasraum hinüber. Die Männer hatten aufgehört zu arbeiten und starrten sie alle mit unverschleierter Wollust in den Augen an.

Die Gefahr hing schwer in der Luft.

Wenn es ihnen gelang, aus diesem Raum auszubrechen, wäre die Hölle los.

Sie musste sich bereitmachen.

Einer der Männer schnappte sich eine Metallwaage, mit der sie das Crystal Meth gewogen hatten. Er schwang sie hoch in die Luft und schlug sie heftig gegen die Glaswand.

Sie sprang auf. Das Glas hielt.

Aber sie wusste, dass es nicht ewig halten würde.

Als den anderen Männern bewusst wurde, was er probierte, sahen sie sich nach anderen Gegenständen um, die ihnen helfen könnten, die Glasverkleidung, hinter der sie eingeschlossen waren, zu zerbrechen.

Angst schwoll in ihrer Brust an.

Wenn sie es herausschafften, wusste sie, was sie ihr antun würden. Furchtbare, unaussprechliche Dinge. Und wenn sie fertig wären, würden sie sie einfach töten.

Sie schluckte die Angst hinunter und sah sich in der Küche nach etwas um, womit sie sich verteidigen könnte. Was, wenn sie wirklich Werwölfe waren, so wie Emmett es behauptet hatte. Was zum Teufel könnte sie dann gegen sie tun?

Sie riss alle Schubladen auf und durchwühlte die Ansammlung von Kochlöffeln.

Kein Messer weit und breit.

„Scheiße." Sie strich sich das Haar aus dem Gesicht. Natürlich. Sie würden ihr ja keine Waffe geben. Sie hätte sie ja sonst gegen ihre Entführer einsetzen können.

Die Männer schlugen härter gegen das Glas. Sie sprang herum und sah sich um. Im Glas entstand ein kleiner Riss.

Sie hatte nicht mehr viel Zeit.

Sie rannte die Treppe hinauf und trommelte gegen die Tür. Sie schrie und hoffte auf ein Wunder, dass jemand sie hören konnte.

Das Geräusch von Glas, das wie herabstürzende Eiszapfen auf dem Betonboden zersplitterte, erschütterte sie.

Ihre Zeit war offiziell abgelaufen.

KAPITEL 44

Killian hörte das Geräusch. Es klang so weit weg und er wusste, dass menschliche Ohren es nicht einmal hören könnten.

Aber er hörte es.

Es war der Schrei eines Weibchens.

„Lilliana." Er hauchte ihren Namen, stürmte hinein und in die Küche. Der Raum war leer und er sah sich verzweifelt um. Er öffnete die Speisekammer und suchte nach einer geheimen Tür.

Nichts.

Er riss den Kopf herum und knurrte.

Dann spürte er es. Ein winziges Zittern zu seinen Füßen.

Er schaute zu Boden.

Dann spürte er ein weiteres Zittern unter seinen Sohlen.

Ein Schuss donnerte durch das Gebäude. Er riss seinen Kopf in Richtung Ladenfront herum.

Brutus.

Er konnte das deutliche Knurren von Brutus hören. Wer auch immer auf ihn geschossen hatte, hätte bei dem Attentäter jetzt keine guten Karten mehr.

Er hockte sich auf den Boden und drückte sein Ohr dagegen. Er konnte sie riechen.

Lilliana war hier.

Er sah sich um und versuchte, einen Weg zu ihr zu finden.

„Scheiße." Er knurrte frustriert. Er knallte mit der Faust auf den Boden. Der Fußboden gab unter seinem Schlag leicht nach. Er donnerte die Faust erneut darauf. Und wenn er den ganzen verdammten Boden ausheben müsste, um zu ihr zu gelangen, würde er es tun.

Der Holzboden bewegte sich leicht. Dann entdeckte er es. Eine Naht mitten im Boden.

Er stand auf und griff sich ein Messer vom Tresen. Hinter ihm hörte er das Geräusch von Kämpfen und Schüssen. Er wusste, dass Brutus gut auf sich selbst aufpassen konnte. Er musste es jetzt zu Lilliana schaffen.

Er schob die Klinge in die Naht des Holzes und drehte sie. Der Boden rutschte so weit zurück, dass er seine Finger hineinschieben konnte.

„Killian!", schrie Lilliana, als sie ihr Gesicht gegen die Öffnung presste.

„Ich komme um dich zu holen. Trete zurück."

„Beeil dich! Sie sind fast draußen. Killian, sie kommen, um mich zu holen."

„Wer?" Er runzelte die Stirn und schob beide Hände in die Öffnung.

„Die Männer, die das Meth herstellen. Sie haben ganz schreckliche, gelbe Augen. Ich glaube nicht, dass sie menschlich sind." Sie zitterte.

Wut und Entsetzen stiegen in seinem Magen auf, bis er dachte, er müsste sich übergeben.

Emmett musste mit roten Wölfen zusammenarbeiten. Sie waren die einzigen Werwölfe, die Chrystal Meth herstellten und andere Drogen verkauften, um sich zu bereichern.

Wenn die roten Wölfe zu Lilliana gelangten, würden sie sie vergewaltigen, bis sie starb.

Alte Instinkte und Gewohnheiten stiegen in seiner Seele auf.

Er biss die Zähne zusammen und riss an der Öffnung herum. Er warf den Kopf zurück und brüllte, als der Boden langsam auseinander glitt.

„Killian!", schrie Lilliana. Ihr Gesicht verschwand aus der Öffnung, als sie nach unten gezerrt wurde. Der Gestank roter Werwölfe stieg in seine Nasenlöcher.

Er fluchte und riss mit all seiner Kraft an der Öffnung herum. Der Fußboden gab nach und enthüllte eine Treppe, die in einen Keller unter die Natchez Bäckerei führte.

Lilliana schrie erneut.

Er rannte die Treppe hinunter. Als er unten ankam, wurde er sofort von zwölf roten Wölfen umzingelt, die jeweils einen Metallgegenstand in der Hand hielten.

Einer der roten Wölfe hatte Lilliana am Hals gepackt und hielt sie wie ein Schild vor sich.

„Ganz ruhig, Wolf. Du willst doch nicht, dass ich diesem Weibchen wehtue, oder?", spottete der rote Wolf und schob seine schmutzige Hand unter Lillianas Oberteil, um nach ihrer Brust zu greifen.

„Rühr sie nicht an." Killian griff in seine Jeanstasche und zog ein Haargummi heraus. Wut trübte seine Sicht und die automatisierten Handlungen eines Attentäters kamen wie eine alte Gewohnheit zu ihm zurück. Er zog sein Haar zurück und band es zu einem Knoten, wodurch die Attentä-ter-Tätowierung für seine Feinde sichtbar wurde.

„Fuck." Einer der roten Wölfe ließ seine Waffe fallen und trat einen Schritt zurück. „Ich weiß, wer du bist."

„Das werdet ihr alle wissen, bevor ich diesen Raum verlasse." Seine Worte waren so kalt wie ein weißer Blitz. Er tötete immer nur auf Befehl. Aber jetzt verspürte er zum ersten Mal den Drang, zu töten, weil er Rache suchte.

„Wer ist er denn, Sam?" Der Typ, der Lilliana festhielt, lachte. „Der Weihnachtsmann?"

„Verflucht, nein. Es ist Killian. Der Attentäter." Sam wurde blass und versuchte, zur Treppe zu rennen.

Killian wirbelte herum und packte den roten Wolf beim Hals. Er hob ihn über seinen Kopf und schleuderte ihn auf den Betonboden. Der Wolf schrie vor Schmerzen auf und versuchte, sich zu bewegen. Killian gab ihm keine Chance. Er zog sein silbernes Messer aus dem Stiefel und stieß es in seine Schädelbasis, was ihn auf der Stelle tötete.

Das Blut breitete sich auf dem Betonboden aus.

„Du verfluchter Wichser." Einer der Männer verwandelte sich in seine Wolfsform und trat einen Schritt in Killians Richtung.

Killian sah ihm in die Augen und grinste. Er schleuderte sein Messer gegen die Decke, um die anderen davon abzuhalten, es sich zu holen. Wenn sie mit dem Wolf spielen wollten, würden sie den Wolf bekommen.

Er riss sich seine Jeans herunter. Er machte sich nicht die Mühe, auch das Hemd auszuziehen. Die anderen Wölfe wussten, wohin dies führen würde und sahen sich gegenseitig an.

Er rief nach seinem inneren Wolf und verwandelte sich. Der Schmerz und die Wonne der Verwandlung reizten ihn immer wieder. Als Attentäter tötete er nicht oft in Wolfsform. Normalerweise brachte er sein Ziel in seiner menschlichen Gestalt zur Strecke. Aber das hier war persönlich und er würde sie alle töten, weil sie Lilliana wehgetan hatten.

Der rote Wolf griff Killian an. Killian sprang und traf ihn in der Luft. Sie stürzten zu Boden. Der rote Wolf war über ihm. Er biss Killian in die Schulter. Schmerz raste durch seinen Arm und in seine Brust.

Er hörte Lilliana schreien.

Er verdrehte seinen Körper und gewann die Oberhand. Er drückte den roten Wolf zu Boden und versenkte seine Zähne in seinem Hals. Blut spritzte und das Biest heulte unter Schmerzen auf. Es war Killian egal.

Er biss fester zu und zerrte. Die Augen des roten Wolfes wurden riesig, als er Killians Vorhaben erkannte.

Killian riss seinem Feind die Kehle heraus.

Er sah sich im Raum um, während Blut aus seinem Maul tropfte.

Die roten Wölfe verteilten sich und versuchten, aus dem Raum zu entkommen. Sie alle probierten, an Killian vorbei in die Freiheit zu fliehen. Er sprang in die Luft und packte das Messer mit seinem Maul.

Er landete auf den Füßen und verwandelte sich zurück in seine menschliche Gestalt.

„Ihr hättet sie nicht anfassen dürfen." Killians Stimme war tief und tödlich. Einen nach dem anderen packte er die roten Wölfe und stieß ihnen das silberne Messer durch die Schädel. Er schlachtete sie alle ab, bis nur noch einer übrig war.

Als er den Typen direkt ansah, der Lilliana vor sich festhielt, schleuderte Killian das Messer auf ihn.

Die Klinge versank in der Stirn des Werwolfs. Er fiel zu einem Häufchen zu Boden.

„Lilliana, geht es dir gut?" Killians Blick fixierte sie.

Mit weit aufgerissenen Augen trat sie einen Schritt zurück. „Du hast mich angelogen. Du bist ein Werwolf. Und ein Killer."

KAPITEL 45

*L*illiana sah den Mann, den sie liebte, vor sich stehen. Er war von oben bis unten blutverschmiert. Und seine Augen sahen verändert für sie aus. Er wirkte wie eine tödliche Killermaschine.

„Du hast mir gesagt, du wärst ein Ermittler."

„Tatsächlich bist du selbst zu diesem Schluss gekommen. Es war mein Fehler, dich nicht zu korrigieren." Er rieb sich den Hals und wandte sich ab.

Zitternd ballte sie ihre Hände zu Fäusten. „Killian, du bist ein Werwolf. Du hast nie etwas darüber gesagt, ein Werwolf zu sein. Und du hast nie etwas darüber gesagt, dass du Leute tötest. Sie haben dich einen Attentäter genannt." Sie schluckte ihre unbändige Angst und Verwirrung hinunter.

„Ich bin ein Attentäter für Werwölfe. Wenn jemand ein Verbrechen gegen das Rudel begeht und es schwerwiegend genug ist, bin ich einer von drei Attentätern, die ausgesandt werden, um das Urteil zu vollstrecken." Er sah sie an. Unter dem Blut und der Wut, die in seinen Augen brannten, konnte sie noch immer den Hauch des Mannes sehen, dem sie ihren Körper hingegeben hatte.

„Das Todesurteil." Sie wandte sich ab.

Brutus kam die Treppe hinunter und blieb stehen. „Was zum Teufel ist denn hier passiert?"

„Ich habe mich uns Geschäft gekümmert."

„Fühlst du dich jetzt besser, wieder ein Attentäter zu sein?" Brutus zog die Augenbrauen hoch.

Killian sah ihn an. „Ja, allerdings. Danke der Nachfrage."

„Zieh deine Scheiß-Jeans wieder an. Niemand hier will dein Gehänge sehen." Brutus sah sie an und neigte den Kopf. „Geht es dir gut?"

„Ich … ehrlich gesagt, weiß ich es nicht. Ich nehme an, du bist auch ein Werwolf?" Kein Wunder, dass er so gefährlich aussah.

Brutus kniff die Augen zusammen und öffnete den Mund, um zu antworten.

„Mein Großer!! Hey, mein Großer, wo sind Sie denn hin?" Eine vertraute Frauenstimme erklang oben an der Treppe.

Brutus zuckte zusammen.

„Mein Großer? Brutus, wer zum Teufel ist das?" Killian beugte sich vor und spähte zum oberen Ende der Treppe hinauf.

„Das ist Edith", murmelte Brutus.

„Oh mein Gott. Edith. Ist sie verletzt?" Lilliana eilte zur Treppe und blickte nach oben.

Killian sah Brutus wieder an. „Wer ist Edith?"

„Ich bin seine Verstärkung", rief Edith von oben.

Brutus errötete und schob seine Hände in die Taschen seiner Jeans.

„Sie zog eine Magnum aus der Handtasche, als der Besitzer ihr keinen Kolibri-Kuchen verkaufen wollte. Und dann hat sie damit rumgefuchtelt, bis die Waffe losging." Brutus grinste. „Die Typen haben sich in die Hose geschissen. Dann ist eine Schießerei ausgebrochen. Zwei der Typen sind tot. Aber der Besitzer lebt und ist oben gefesselt."

„Wurde sie getroffen?", fragte Lilliana Brutus.

„Edith?" Er schnaubte. „Nein. Sie ist vielleicht alt, aber sie ist so schnell wie eine Katze. Außerdem ist sie ein Werw…"

„Ein Werwolf?" Lilliana runzelte die Stirn und starrte die Treppe hinauf.

Edith lächelte zu ihr hinunter. „Hallo, Schätzchen. Was machen Sie denn dort unten in diesem Loch mit meinem süßen Brutus?"

„Süßer Brutus?" Killian runzelte die Stirn.

„Fick dich, Killian." Brutus funkelte ihn an.

Lilliana sah Edith wieder an. „Edith, stimmt das? Sind Sie ein Werwolf?"

„Ja das stimmt. Sie können es nicht wissen, weil Sie mich nicht riechen können. Und Brutus wusste es nicht, weil ich Chanel No. 5 trage. Ich habe immer gehört, dass es Männer anzieht." Sie zwinkerte Lilliana zu. „Offensichtlich tut es mehr als das. Es verbirgt auch meinen Werwolfduft."

„Es klingt, als wäre sie perfekt für Lorcan." Killian zuckte mit den Schultern.

„Ich nehme an, das ist noch ein Attentäter?" Sie sah die Männer vor sich mit zusammengekniffenen Augen an.

Killian nickte.

Brutus sah zwischen ihnen hin und her und wandte sich dann an Killian. „Ich habe Barrett bereits angerufen. Er ist im Moment beschäftigt, also habe ich eine Nachricht hinterlassen."

„Was passiert jetzt?" Lilliana schlang ihre Arme um sich. „Ich meine, müssen wir das hier bereinigen? Muss ich verhört werden?"

„Ich mache gar nichts sauber. Attentäter putzen nicht." Brutus wandte sich der Treppe zu.

Sie wagte es, Killian anzusehen. Er drehte sich um und starrte auf das Gemetzel, das er angerichtet hatte. Es war in diesem Moment, dass sie die Tätowierung an seinem Hals entdeckte.

„Ich glaube kaum, dass wir das hier bereinigen können. Außerdem würde derjenige, der mit Emmett Geschäfte macht, die Produktion einfach wieder aufnehmen. Es ist die perfekte Einrichtung für ein Meth-Labor." Killian sah Lilliana an.

„Was sollen wir dann tun?", fragte Lilliana.

„Mir ist aufgefallen, dass dies das einzige belegte Gebäude in diesem Block ist."

Sie nickte. „Die anderen Unternehmen wurden schon vor Jahren geschlossen. Niemand will in diesem Teil der Stadt mehr ein Geschäft eröffnen." Sie runzelte die Stirn. „Warum fragst du das?"

„Weil ich sicher sein möchte, dass sich niemand sonst in der Gegend befindet." Er sah sie an. „Ich werde diese Hütte bis auf die Grundmauern niederbrennen."

Ihre Kinnlade klappte hinunter. „Wie das?"

Er zeigte auf den Bereich, wo die roten Wölfe die Drogen hergestellt hatten. „Sie haben die Kanalisation zur Belüftung benutzt. Sobald ein Feuer auf das Methangas trifft, wird es in die Luft fliegen." Killian streckte seine Hand aus. „Aber zuerst muss ich dich hier rausbringen."

Sie zitterte und schlang die Arme um ihre Brust. „Also wird das Gebäude zerstört werden?"

„Es tut mir leid. Aber es muss sein. All die Beweise über die Drogen und die Werwölfe müssen ausgelöscht werden. Die Polizei wird denken, dass es ein Gasleck war, das zu der Explosion geführt hat. Wenn sie die Leichen finden, werden sie denken, dass sie bei der Explosion umgekommen sind."

Sie nickte. „Ich werde im Rest des Gebäudes nach Leuten suchen. Möglicherweise verstecken sich Obdachlose oder Ausreißer, von denen wir vielleicht nichts wissen."

„Das kann ich doch machen." Er wischte sich mit dem Handrücken über sein Gesicht.

„Das solltest du besser nicht tun. Wenn dich jemand so sieht, wird er die Polizei rufen. Und das ist wohl das Letzte, was du brauchst." Sie lief die Treppe hinauf. „Ich würde empfehlen, dass du dir zumindest das Blut vom Gesicht und den Händen wäschst, bevor du gehst. Und von der Brust, da du dein T-Shirt zerfetzt hast, als du dich … verändert hast."

„Man nennt es Verwandlung."

„Verwandelt." Sie nickte, eilte die Treppe hinauf und ließ die blutüberströmten Leichen hinter sich.

KAPITEL 46

Zurück in Monmouth trat Killian aus der Dusche und wickelte sich ein Handtuch um die Hüfte. Er hatte zwanzig Minuten gebraucht, um das ganze Blut und die Überreste der roten Wölfe aus seinen Haaren zu spülen. Als er endlich fertig war, war er bereit für ein Glas Whisky und ein langes Nickerchen.

Aber dafür hatte er keine Zeit. Er musste sich auf die Ankunft von Barrett vorbereiten. Und wichtiger noch, er musste mit Lilliana sprechen.

Nachdem er den Rudelführer angerufen und ihn über die Geschehnisse informiert hatte, war Killian angewiesen worden, zu bleiben, wo er war.

Barrett war auf seinem Weg zu ihm und brachte noch jemand anderen mit.

Killian rieb sich das Haar mit dem Handtuch ab und schaute in den Spiegel. Sein Herz wurde jedes Mal schwer, wenn er an Lillianas Gesichtsausdruck dachte, nachdem er den Raum voller roter Wölfe hingerichtet hatte.

Killian hatte Barretts wütenden Tonfall nicht verkannt.

Barrett wusste von den Hinrichtungen und auch davon, dass Lilliana die Existenz von Werwölfen entdeckt hatte.

Barrett war sauer auf ihn, weil er hineingestürmt und ohne direkten Befehl alle erledigt hatte.

Er hatte die Dinge mächtig versaut und war sich nicht sicher, ob er sich dieses Mal herausreden konnte.

Bei einem Klopfen an der Tür schlug ihm das Herz bis zum Hals.

Vielleicht war es Lilliana? Er sah sich nach einem Paar Jeans um, als ihm wieder einfiel, dass er keine sauberen Kleidungsstücke mehr hatte. Er hatte nicht damit gerechnet, dass diese Reise blutverschmiert enden würde, deshalb hatte er keine Ersatzjeans mitgebracht.

Er zog das Handtuch an seiner Hüfte fester und öffnete die Tür.

„Alter, das ist wirklich das Letzte, was ich sehen will." Lorcan zuckte zusammen und hielt sich die Augen zu. Er streckte ihm eine Jeans und ein T-Shirt entgegen. „Hier, um Himmels willen, zieh dir was an, bevor ich erblinde."

„Du wünschst dir doch nur, so gut auszusehen wie ich, Lorcan." Widerwillig nahm Killian die Klamotten entgegen. „Willst du reinkommen?"

„Nur wenn du versprichst, dich im Bad anzuziehen." Lorcan hielt sich noch immer die Augen zu.

„Du bist so ein Jammerlappen." Er öffnete die Tür und ließ Lorcan eintreten. „Wann bist du angekommen?" Killian ging ins Badezimmer und zog sich schnell an.

„Vor etwa einer Stunde. Bevor ich hierherkam, bin ich an der Stelle vorbeigefahren, wo sich früher die Natchez Bäckerei befand." Lorcan ging zum Fenster und sah hinaus. „Du hast den ganzen Block in die Luft gejagt."

Killian kam aus dem Bad und zuckte zusammen. „Ja. Ich glaube nicht, dass Barrett sonderlich glücklich darüber sein wird."

Lorcan drehte sich um. „Denkst du nicht?"

Killian rieb sich mit der Hand übers Gesicht. „Ich hatte nicht viel Zeit, um die Beweismittel zu beseitigen. Das Gebäude in die Luft zu sprengen, damit es wie ein Gasleck aussieht, war meine einzige Möglichkeit. Und ich schätze, ich habe es versaut."

„Ich hätte nie gedacht, dich einmal so etwas sagen zu hören." Lorcan drehte sich um.

„Mich was sagen zu hören?", seufzte Killian. „Dass ich es versaut habe?"

„Nein. Dass du dich entschieden hast, ein Gebäude in die Luft zu jagen, in dem … Kuchen gebacken werden." Lorcan grinste.

„Du bist so ein Arschloch." Killian gluckste. Für einen Augenblick wich die Last der Welt von seinen Schultern. Er brauchte es.

„Wie geht es Lilliana?", fragte Killian.

„Ach ja. Lilliana. Ich habe mich schon gefragt, wie lange es dauern würde, bist du nach der Menschenfrau fragst." Lorcan schaute aus dem Fenster. „Sie ist hübsch, nicht wahr?"

Killian biss die Zähne zusammen. „Natürlich ist sie hübsch. Man müsste blind sein, um das nicht zu sehen." Er seufzte. „Allerdings ist sie noch viel mehr als das. Sie ist talentiert, klug und witzig. Und hat außerdem die überaus lästige Angewohnheit, stur zu sein, und nicht auf das zu hören, was ich ihr sage."

Lorcan grinste. „Wofür ich sie noch mehr mag."

Killian sackte in den Sessel am Fenster. „Lorcan, ich …"

„Du liebst sie." Lorcan seufzte. „Ich habe mit Brutus gesprochen."

„Brutus hat dir das erzählt?" Killian schnaubte wütend.

„Nein, hat er nicht. Aber er hat mir von dem Gemetzel im Keller der Bäckerei erzählt." Lorcan drehte sich um und sah ihn an. „Du bist ein Attentäter, Killian. Und du bist gut darin. Wann immer wir unsere Aufträge hatten, hast du deinen Job kompromisslos erledigt. Und du hast es immer sauber und ordentlich getan. Ohne viele Emotionen." Lorcan neigte den Kopf. „Aber Brutus meinte, in diesem Keller waren eine Menge Emotionen zu sehen. Du hast sie alle getötet, weil sie gedroht haben, Lilliana etwas anzutun. Und nur eine solch starke Emotion wie Liebe könnte dich dazu bringen, zu tun, was du dort getan hast."

Killian vergrub sein Gesicht in seinen Händen. „Es ist nicht mehr wichtig, dass ich sie liebe. Sie will mich jetzt nicht mehr. Ich habe darüber gelogen, was ich bin." Er sah zu ihm auf. „Lorcan, du hast nicht gesehen, wie sie mich angesehen hat, nachdem ich sie alle getötet hatte."

„Sie hat noch nie Zeit mit einem Werwolf verbracht. Ganz zu schweigen von einem, der zufällig auch noch ein Attentäter ist. Und ich würde sogar wetten, dass sie noch nie mit jemandem zusammen war, der für sie töten würde." Lorcan zuckte mit den Schultern.

„Ich glaube nicht, dass sie mich jemals wieder mit den gleichen Augen ansehen wird. Sie hat Angst vor mir, Lorcan."

„Dann muss sie eine Entscheidung treffen." Lorcan ging zur Tür. „Mit dir zusammen zu sein oder nicht." Er schloss die Tür hinter sich.

KAPITEL 47

„Ich freue mich so, Sie als unsere Gäste zu begrüßen." Mrs. Spell reichte ihm ein Glas Sherry. „Mister Welbourn sagte, Sie kommen aus New Orleans."

„Vielen Dank, Mrs. Spell. Ich weiß Ihre Gastfreundschaft sehr zu schätzen. Und ich danke Ihnen auch für das so kurzfristig zur Verfügung gestellte Zimmer. Genau genommen stamme ich aus Arkansas. Aber ich bin vor ein paar Monaten nach New Orleans gezogen." Barrett Middleton nahm einen Schluck seines Getränks und versuchte, keine Grimasse zu ziehen. Er war ein paar Stunden zuvor in Natchez angekommen. Dann hatte er Jack Welbourn angerufen und ihn über die Geschehnisse informiert. Jack erwartete ihn mit einigen seiner Mississippi-Wächter auf der Monmouth Plantation.

Jack schlug ihm ein wenig zu heftig auf den Rücken. „Ich habe ihn für einen kleinen Besuch und ein Geschäftstreffen hierher eingeladen."

„Vielen Dank, Jack, dass Sie sich für Monmouth entschieden haben." Sie lächelte und tätschelte sich das Haar.

Wenn Barrett sich nicht irrte, errötete die ältere Dame, als sie Jack ansah.

„Natürlich, meine Liebe." Jack lächelte. „Gibt es einen privaten Raum, den Sie uns für ein kurzes Gespräch anbieten können?"

„Ich zeige Ihnen die Bibliothek. Dort wird Sie niemand stören. Und bitte bleiben Sie, solange Sie wollen. Viele unserer Gäste haben heute Morgen ausgecheckt." Mrs. Spell führte sie durch das Haus in die Bibliothek. Sie zog einen Schlüssel aus der Tasche ihrer Strickjacke und schloss den Raum auf. „Bei all diesem Rauch vom Feuer in der Natchez Bäckerei wollten viele Leute nicht bleiben." Sie schüttelte den Kopf. „Ich habe Ihnen gesagt, dass der Rauch morgen früh verflogen sein wird, und dass wir nur einen Tag abwarten müssten. Aber sie wollten nicht auf mich hören."

„Nun, für heute Abend haben Sie Gäste, meine Liebe. Ich hoffe, Sie haben ein Abendessen geplant?" Jack lächelte.

Barrett wollte am liebsten mit den Augen rollen. Der Rudelführer war vielleicht alt, aber mit den Damen hatte er es immer noch drauf.

„Selbstverständlich. Unsere Köchin ist einfach unglaublich." Mrs. Spell runzelte die Stirn. „Wissen Sie, heute Morgen hat sie mir gekündigt, aber nun hat sie ihre Meinung wohl geändert. Ich war eine Zeit lang besorgt, aber sie kam zurück. Also habe ich zugestimmt und ihr eine Gehaltserhöhung und mehr freie Tage gegeben."

„Wie gut von Ihnen, Mrs. Spell. Jede Wette, es gibt niemanden, der Ihrem großzügigen Herzen das Wasser reichen könnte." Jack lächelte sie warmherzig an.

Barrett trat in die Bibliothek und wartete drinnen auf Jack.

„Ich lasse Sie beide allein. Bedienen Sie sich an der Bar. Es gibt Whisky, Bourbon und Scotch. Alle nur vom feinsten." Sie schloss die Tür hinter sich.

Jack drehte sich um und sah Barrett an. Seine gute Laune war verschwunden und das Lächeln auf seinem Gesicht verblasste.

„Bevor du noch ein weiteres Wort sagst, will ich Killian herholen. Ich möchte seine Seite der Geschichte hören", sagte Barrett langsam.

„Killian ist ein Attentäter. Kein Wächter." Jack schüttelte den Kopf. „Du hättest jemand anderen schicken sollen."

„Ich habe geschickt, wen ich geschickt habe." Barrett ging zur Tür und öffnete sie. Zwei der Mississippi-Wächter standen draußen Wache. Sie nickten Barrett untergeben zu.

„Bringt Killian zu mir."

„Sofort." Einer von ihnen blieb zurück, um den Raum zu bewachen, während sich der andere auf den Weg zu seiner Mission machte.

Barrett schloss die Tür und näherte sich der Bar. Er stellte den Sherry ab.

„Ich kann nicht verstehen, wie du dieses Zeug trinken kannst", meckerte Barrett und griff nach einer Flasche Bourbon. Er goss sich zwei Finger breit ein und trank einen Schluck. Dann sah er Jack an. „Siehst du, das ist gut."

„Gib mir den Sherry. Man verschwendet keinen Alkohol. Ganz egal welche Sorte es ist." Er goss Barretts Sherry in sein eigenes Glas.

Es klopfte kurz an der Tür.

„Herein", rief Barrett und trank einen Schluck.

Die Tür öffnete sich und Killian trat ein. Sein Haar war immer noch nass und er war wie immer in Schwarz gekleidet.

„Du wolltest mich sehen, Barrett." Killian stand mit einem resignierten Gesichtsausdruck vor ihm.

Barrett runzelte die Stirn. Er war es nicht gewohnt, den stets fröhlichen Werwolf so ernst zu sehen.

„Killian, das ist Jack Welbourn. Wie du weißt, ist er der Rudelführer von Mississippi."

„Es freut mich, Sie kennenzulernen, Mr. Welbourn. Ich wünschte, es wäre unter besseren Umständen", sagte Killian höflich.

„Warum setzen wir uns nicht alle?" Barrett ging zur Couch und nahm Platz. Die anderen beiden folgten.

„Killian, ich habe ein paar Fragen an dich." Barrett starrte ihn über sein Glas hinweg an. „Du wurdest für Aufklärungs-arbeit hierher geschickt. Und in weniger als ein paar Tagen hast du es geschafft, einen Menschen in Rudel-Angelegen-heiten zu verwickeln. Die menschliche Frau wurde ange-schossen und entführt. Außerdem hast du direkt vor ihren Augen einen Raum voller Werwölfe in deiner Wolfsform abgeschlachtet. Und zu allem Überfluss hast du den ganzen Block niedergebrannt, auf dem sich einst die Natchez Bäckerei befand." Er trank einen Schluck. „Stimmt das so oder habe ich irgendetwas vergessen?"

Killian verzog das Gesicht und sah seinen Rudelführer an. „Es klingt viel schlimmer, wenn du es so sagst."

„Warum hast du mich nicht kontaktiert, als du herausge-funden hast, dass sie die Drogen zu diesem Strip Club in Memphis schicken?" Barrett funkelte ihn an.

Killian atmete tief ein und begegnete seinem Blick. „Weil ich Emmett Reece in Gewahrsam nehmen wollte, um die Situation unter Kontrolle zu bringen."

„Das ist das Gegenteil von dem, was passiert ist", murmelte Jack.

„Sie haben recht." Killian nickte. „Als wir nach Monmouth zurückkamen, habe ich herausgefunden, dass Lilliana entführt worden war. Sie hatte einen Hinweis hinterlassen, dass sie sich in der Natchez Bäckerei befand. Es war mein Ziel, sie dort rauszuholen, bevor ich Emmett Reece festnehmen wollte. Er ist derjenige, der die Drogen im Keller der Bäckerei herstellte. Als ich entdeckte, dass sie in einem Raum voller roter Wölfe festgehalten wurde, die sich an ihr vergehen wollten …"

„Hast du sie alle abgeschlachtet", beendete Barrett seinen Satz.

„Moment mal, dort waren rote Wölfe im Keller?" Jack richtete sich in seinem Sessel auf.

„Ja." Killian sah ihn an. „Emmett hat sie benutzt, um das Meth herzustellen. Sie haben es im Keller gekocht und die Dämpfe in die Kanalisation entweichen lassen."

„Menschen würden es nie bemerken, weil sie keinen so scharfen Geruchssinn haben wie wir", fügte Barrett hinzu.

„Wie viele rote Wölfe gab es dort?" Jack stellte sein Glas ab und wartete auf eine Antwort.

„Zwölf."

„Emmett weiß über Werwölfe Bescheid. Ich habe eine Hintergrundprüfung durchgeführt und er war nie bei irgendeiner Art von Militär. Das kann also nicht der Grund dafür sein, dass er über unsere Art Bescheid weiß." Barrett rieb sich die Schläfe.

„Ich kann einfach nicht glauben, dass es in meinem Staat rote Wölfe gibt, die Meth gekocht haben." Jack runzelte die Stirn. „Das wird wirklich nicht gut aussehen. Überhaupt nicht gut." Er schüttelte den Kopf.

„Nun, jetzt wird es niemand erfahren. Nicht jetzt, da sich Killian um das Problem gekümmert hat." Barrett deutete mit seinem Bourbon-Glas auf ihn.

Jack sah ihn an und neigte den Kopf. „Erzähl mir von der Frau."

„Lilliana Beckway. Sie arbeitet hier in Monmouth. Sie ist eine fantastische Köchin und Bäckerin. Sie hat sich mit dem Backen und Liefern von Kolibri-Kuchen nebenbei etwas dazuverdient. Emmett Reece hatte die Idee, ihre Kuchen zu nehmen und die Mitte herauszuschneiden. Dann hat er sie mit Chrystal Meth vollgestopft. Auf diese Weise hat er die Drogen an den Silver Moon Strip Club geliefert. Ich bin mir sicher, der Rudelführer von Tennessee wird sich auch über diese Information freuen. Da der Ort in die Luft gegangen ist, an dem Emmett die Drogen hergestellt hat, ist die Lieferkette jetzt unterbrochen."

„Gutes Denken, Killian." Jack stand auf und streckte die Hand aus. Schockiert schüttelte Killian sie.

„Bedeutet das, Sie sind nicht sauer auf mich, dass ich die Natchez Bäckerei abgefackelt habe?", fragte Killian.

„Ich habe bereits mit dem Polizeichef gesprochen und sie halten es für ein Gasleck. Er weiß, dass alle Knochen, die er in dem Gebäude möglicherweise findet, im Mississippi versenkt werden müssen." Jack wandte sich an Barrett.

„Ich habe alles, was ich brauche. Wir haben einen der größten Drogenringe gestoppt, den es in Mississippi gab. Darüber hinaus ist es uns gelungen, ein paar abtrünnige rote Wölfe zu töten. Ich muss jetzt ein paar Anrufe tätigen. Ich weiß deine Hilfe in dieser Angelegenheit zu schätzen, Barrett."

Barrett stand auf und schüttelte Jacks Hand. „Wir sehen uns beim Abendessen."

Killian sah Jack hinterher, der den Raum verließ. Dann schaute er zu Barrett.

„Wenn du mich nicht mehr brauchst, muss ich jetzt nach Lilliana sehen."

„Wir sind noch nicht fertig, Killian. Setzt dich", befahl Barrett.

Killian verkniff sich eine Antwort und gehorchte.

KAPITEL 48

*L*illiana beobachtete, wie der ältere Herr, Jack Welbourn, den Raum verließ, in dem Killian verhört wurde. Sie hatte Killian nicht mehr gesehen, seit das Gebäude explodiert war. Trotz der Lügen, die er ihr aufgetischt hatte, musste sie nach ihm sehen, um sich zu vergewissern, dass es ihm gut ging.

Sie schüttelte den Kopf. Es ergab überhaupt keinen Sinn. Killian war ein verdammter Werwolf. Natürlich ging es ihm gut.

Sie war diejenige, die Hilfe brauchte. Psychologische Hilfe, um genau zu sein.

„Das wird eine Weile dauern", sagte Brutus hinter ihrer Schulter.

„Großer Gott." Sie zuckte zusammen und wirbelte herum. „Du hättest mir einen Herzinfarkt geben können." Sie drückte sich die Hand auf die Brust.

„Entschuldige. Ich habe vergessen, wie gebrechlich Menschen doch sind", antwortete Brutus stoisch.

„Ich meinte nicht wirklich einen Herzinfarkt. Das ist

doch nur eine Redewendung." Sie funkelte ihn an und ging in die Küche. Er folgte ihr.

„Wie ich höre, haben wir heute einen vollen Tisch mit Gästen. Wenn es dir also nichts ausmacht, muss ich jetzt mit den Vorbereitungen beginnen." Sie streckte ihr Kinn in die Höhe.

„Killian mag dich." Brutus neigte den Kopf. „Und das ist sehr ungewöhnlich."

Sie drehte sich um und schenkte ihm ihre volle Aufmerksamkeit. „Dass er jemanden mag?"

„Nein. Dass er dich mag. Du bist nicht wie die anderen Mädchen, mit denen er zusammen war."

„Was meinst du denn damit?" Ihr Herz sprang in ihrer Brust.

„Normalerweise gefallen ihm Blondinen mit braunen Augen." Brutus zuckte mit den Schultern.

„Vielleicht probiert er einfach mal was anderes." Ihr Herz wurde schwer. Er mochte sie nicht – sie war nur eine weitere Eroberung für ihn.

„Nein. Für dich fühlt er etwas, was er noch nie zuvor empfunden hat." Brutus seufzte.

„Nun, ich schätze, es spielt keine Rolle mehr, nicht wahr? Er hat mich darüber angelogen, ein …"

„Sag es mit mir zusammen. Ein Werwolf zu sein."

„Weißt du, man sollte meinen, dass mich diese ganze Sache mehr beunruhigen müsste."

„Tut sie es nicht?" Er runzelte die Stirn.

„Ich weiß es nicht. Ich meine, es war schon ziemlich verrückt, zu sehen, wie er sich in einen Wolf verwandelt hat. Aber ich habe mich schon immer gefragt, ob es noch irgendwelche andere Dinge gibt als die, die wir im alltäglichen Leben so sehen. Außerdem liebe ich Science-Fiction." Sie zuckte mit den Schultern, nahm Gemüse aus dem Kühlschrank und legte es auf das Schneidebrett. „Nicht dass das alles wichtig wäre. Ich bin mir ziemlich sicher, dass es ein paar Regeln dagegen gibt, dass Menschen und Werwölfe miteinander ausgehen." Sie hob ihr Kinn und griff nach einem Messer, um das Gemüse zu schneiden.

„Attentäter verpaaren sich nicht. Nicht weil sie es nicht wollen, sondern weil es äußerst ungewöhnlich ist, dass sie ihre einzig wahre Gefährtin finden." Brutus griff nach einer Karotte und biss davon ab. Er kaute nachdenklich. „Ich denke, es ist die Art des Schicksals, dafür zu sorgen, dass wir ein starkes Weibchen haben, das mit dem, was wir tun, auch fertig wird."

„Wie dabei zuzusehen, wie ein Raum voller Wölfe abgeschlachtet wird?" Sie erschauderte.

„Ja. Ich habe Killian noch nie auf diese Weise töten sehen. Wenn er seinen Job macht, zieht er eine Silberkugel in den Kopf vor. Unmittelbarer Tod und es ist sauber. Aber als er dich in Gefahr gesehen hat, wurde er zu einem besitzergreifenden Alpha." Brutus starrte sie an.

„Er hat gelogen, um dich zu beschützen. Er wird dich immer beschützen. Jetzt musst du dir nur darüber klar werden, ob du damit umgehen kannst. Kannst du damit umgehen, von einem Werwolf derart geliebt zu werden?" Er biss erneut von der Karotte ab und machte sich auf den Weg zur Tür.

„Brutus, warte mal."

Er drehte sich um. „Da ich heute Abend das Essen koche, habe ich mich gefragt, was ich zum Nachtisch machen soll. Ich habe die Kolibri-Kuchen ziemlich satt."

Der Hauch eines Grinsens zeigte sich auf seinen Lippen. Er öffnete die Tür und antwortete im Hinausgehen. „Twinkie-Kuchen. Ich finde, du solltest einen Twinkie-Kuchen backen."

KAPITEL 49

Killian wartete darauf, dass Barrett zu sprechen begann. Er war kein Weichei, aber Barrett Middleton machte ihn nervös.

„Ich weiß, was du sagen wirst. Und du hast recht." Killian sah Barrett an.

„Was werde ich sagen?" Er trank einen langsamen Schluck von seinem Bourbon.

„Dass ich es versaut habe. Dass ich dich hätte anrufen und darüber informieren sollen, wer die Drogen herstellt und wie sie verteilt werden. Du wirst sagen, ich hätte warten sollen, bevor ich in die Bäckerei stürme, nachdem ich erfahren habe, dass Lilliana entführt wurde."

„Du irrst dich." Barrett warf ihm einen nachdenklichen Blick zu. „Nun, du irrst dich teilweise."

Killian wartete darauf, zu hören, was der Alphawolf zu sagen hatte.

„Du hättest mich sofort informieren sollen, als du herausgefunden hast, wohin die Drogen transportiert werden. Aber eine Sache hast du richtig gemacht."

„Wirklich? Und was wäre das?" Killian runzelte die Stirn.

Für ihn fühlte es sich so an, als hätte er die ganze Operation vermasselt.

„Es war richtig, hineinzugehen und die Frau zu befreien." Barrett nickte.

„Lilliana. Ihr Name ist Lilliana." Sie würde wahrscheinlich nie wieder mit ihm sprechen. Mit ihr hatte er es sich wirklich versaut.

„Lilliana." Barrett neigte den Kopf. „Wäre ich in der gleichen Situation gewesen, hätte mich auch nichts davon abhalten können, zu ihr zu gelangen und sie in Sicherheit zu bringen. Ich bin noch nicht einmal wirklich verärgert über das Chaos, dass du mit den roten Wölfen angerichtet hast. Wir haben ein wenig nachgeforscht und sie waren Teil des ursprünglichen Teams von Edward Boudier, das Ava entführt hat. Dass du sie getötet hast, lasse ich dir durchgehen." Er zuckte mit den Schultern.

„Und das Gebäude?"

„Nicht mein Staat, nicht mein Problem." Er deutete auf die geschlossene Tür. „Es klang auch nicht so, als wäre Jack sonderlich besorgt darüber."

„Also kann ich gehen?"

„Nicht so schnell." Barrett stellte sein Glas ab und stand auf. „Ich möchte, dass du ehrlich zu mir bist."

„Natürlich. Ich habe nichts zu verbergen."

„Bist du glücklich mit deinem Leben?"

„Natürlich. Ich liebe es, Attentäter zu sein." Er zuckte mit den Schultern. „Selbst die Aufklärungsarbeit hat mir nicht allzu viel ausgemacht."

„Es war dir nicht zu langweilig? Es schien mir so, als würdest du die Arbeit der Wächter langweilig finden." Barrett zog eine Augenbraue hoch.

„Tatsächlich war es eine Menge Arbeit." Killian zuckte zusammen. „Und nicht so einfach, wie ich dachte."

Barrett grinste. „Was du nicht sagst."

Killian musterte den Boden und sah dann wieder zu Barrett auf. „Barrett, ich möchte mich entschuldigen. Ich bin auf diese Mission gegangen und dachte, sie wäre unter meiner Würde. Sobald die Arbeit begann, wurde mir jedoch klar, wie viel die Wächter wirklich leisten und welcher Gefahr sie sich täglich aussetzen. Ich hätte dich auf dem Laufenden halten sollen, sobald ich etwas herausgefunden hatte. Dafür entschuldige ich mich."

„Großer Gott. Wie schlimm war das denn?" Barrett schnaubte und trank noch einen Schluck von seinem Drink.

„Schlimmer als du denkst." Er seufzte.

„Gut." Barrett stand auf, leerte sein Glas und stellte es auf den Tisch. Er kam zu ihm hinüber und klopfte ihm auf den Rücken. „Ich bin froh, dass alles geklärt ist."

„Das ist alles? Du feuerst mich nicht? Wirfst mich nicht aus New Orleans raus? Entziehst mir nicht meinen Rang?" Killian beäugte ihn argwöhnisch.

„Nein. Ich glaube, du hast größere Probleme."

„Was ich mit Emmett Reece machen soll, zum Beispiel? Ich bin mir nicht sicher, ob wir einen Menschen in unserem Gefängnissystem festhalten können. Und er weiß zu viel über Werwölfe, um ihn einfach gehenzulassen."

Barrett grinste. „Emmett Reece ist bereits erledigt. Wir wollten ihn befragen und herausfinden, wie er von Werwölfen erfahren hat. Jemand anderes ist uns zuvorgekommen."

„Wer?" Killian runzelte die Stirn.

„Ein Weibchen namens Edith. Anscheinend ist sie Brutus zu diesem Lagerhaus am Stadtrand gefolgt. Wir hatten das Gebäude eingenommen und Emmett dort festgehalten. Irgendwie ist Edith hineingelangt und hat ihn erschossen."

„Verdammt. Hat sie gesagt, warum?"

„Sie meinte, er hätte ihr nie einen Kolibri-Kuchen verkauft." Barrett zuckte mit den Schultern.

„Wow. Ich schätze, man weiß es nie."

„Nein, das tut man nicht." Barrett lachte. „Ich glaube, es gibt noch jemand anderen, mit dem du reden solltest. Eine wirklich hübsche Frau, die in der Küche arbeitet." Barrett warf ihm einen Blick zu.

„Barrett, es gibt noch etwas anderes, das du wissen solltest. Vielleicht nimmst du dir noch einen Drink."

„Verdammt. Was ist es?" Barrett funkelte ihn finster an.

„Lilliana ist schwanger. Mit meinem Kind."

„Aber wie kann das sein? Du bist doch erst seit ein paar Tagen hier und außerdem ist sie ein Mensch."

„Ich weiß. Und ich habe sogar ein Kondom benutzt, aber es ist geplatzt. Als es passiert ist, habe ich mir nicht viel dabei gedacht, weil ich davon ausging, dass sie sowieso nicht schwanger werden könnte. Aber sie ist es. Und ich möchte mit ihr zusammen sein. Wenn sie mich noch haben will."

„Du weißt, das verstößt gegen die Regeln." Barrett funkelte ihn an. „Du musst erkennen, dass du nicht alles haben kannst. Entweder du behältst deinen Job oder du kündigst und kannst mit der Frau zusammen sein."

Killian spürte, wie der Boden unter ihm schwankte. „Ich respektiere dich, Barrett. Aber wenn meine Beziehung zu Lilliana bedeutet, dass ich kein Attentäter mehr sein kann, muss ich bedauerlicherweise meine Kündigung einreichen."

Barrett presste die Lippen zu einer dünnen Linie zusammen. „Gut. Das brauche ich bis heute Abend schriftlich."

„Du sagst, dein Weibchen kann backen?" Barrett neigte den Kopf.

„Sie ist eine Expertin. Ich habe noch nie etwas Besseres probiert." Killian grinste.

„Gut. Dann brauchst du ab jetzt Jaceys Kekse nicht mehr." Barrett funkelte ihn an.

Killian blinzelte. Er hatte das Gefühl, dass dies eine Warnung war. „Stimmt. Absolut."

„Gut. *Jetzt* haben wir alles geklärt." Barrett lehnte sich in seinem Sessel zurück und griff nach seinem Glas.

Killian nickte und verließ den Raum.

Jetzt musste er sich nur noch Lilliana stellen. Und versuchen, sie davon zu überzeugen, wie sehr er sie brauchte.

KAPITEL 50

Sie spürte ihn bereits, bevor er die Küche betrat. Ihr Herz trommelte hart in ihrer Brust. Als er in den Raum kam, wurde sie von Sehnsucht durchflutet.

Sie hackte das Gemüse auf dem Schneidebrett weiter. Sie wollte, dass er zuerst sprach.

„Hey." Seine tiefe Stimme überschwemmte sie wie eine warme Welle.

Sie räusperte sich. „Hast du dein Treffen mit Barrett und Jack hinter dir?"

„Ja. Das habe ich." Er kam näher. Ihre Entschlossenheit, ihn nicht anzusehen, begann zu schwinden.

Aber sie musste sich zusammenreißen und hören, was er zu sagen hatte.

„Lilliana, ich muss mit dir reden. Und ich würde dir gern ins Gesicht sehen, während ich das tue."

Sie legte das Messer weg und holte tief Luft. Als sie ihn das letzte Mal gesehen hatte, stand er blutverschmiert in diesem Keller.

Langsam drehte sie sich um.

Er stand vor ihr, wie immer ganz in Schwarz gekleidet.

„Es tut mir leid, dass ich dich angelogen habe. Ich wollte nur, dass du sicher bist. Ich dachte, dass ich dich damit beschützen würde, dir nicht zu sagen, dass ich ein Werwolf bin. Stattdessen habe ich dich in Gefahr gebracht." Er schluckte. „Lilliana, das tut mir sehr leid. Ich würde nie wissentlich etwas tun, das dir wehtut. Ich hoffe, dass du das weißt."

„Ich habe noch nie etwas gesehen wie das, was du dort in diesem Keller getan hast", gab sie zu.

„Es tut mir so leid. So bin ich normalerweise nicht. Jedenfalls nicht im Alltag." Er verzog das Gesicht.

Sie verschränkte die Arme. „Wenn du also normalerweise Leute hinrichten musst, tust du es nicht auf so barbarische Weise?"

„Nein. Und ich richte keine Leute hin. Nur Werwölfe, die die abscheulichsten Verbrechen begangen haben." Er seufzte. „Normalerweise schieße ich ihnen einfach in den Kopf. Mit einer Silberkugel. Manchmal stoße ich ihnen mein Messer ins Herz, aber ich töte nie so, wie ich es in diesem Keller getan habe." Er fuhr sich mit den Fingern durchs Haar. „Als ich sah, wie diese roten Wölfe versucht haben, dir wehzutun, wollte ich einfach jeden einzelnen von ihnen töten." Er musterte den Boden. „Ich weiß, dass du mich wahrscheinlich für eine Art Monster hältst."

Ihr Herz brach für ihn. „Weißt du, Brutus hat auch gesagt, dass du normalerweise nicht auf diese Weise tötest."

„Er hat recht. Das tue ich nicht."

„Tatsächlich meinte er, du hättest es getan, weil du mich liebst." Sie schluckte und wartete auf seine Antwort.

Er riss den Kopf hoch und sah sie mit flehenden Augen an. „Das hat er gesagt?"

„Ja."

Stille breitete sich zwischen ihnen aus.

„Nun, er hat recht." Er trat einen Schritt näher. „Ich liebe dich. Ich habe dich von dem Moment an geliebt, als ich dich zum ersten Mal im Garten sah."

„Und trotzdem hast du meinen Kuchen ausgespuckt?" Sie neigte den Kopf.

„Ja." Er grinste und kam näher, bis nur noch Zentimeter sie trennten. „Lilliana, ich weiß, dass es schwer für dich ist, gesehen zu haben, was ich getan habe, und trotzdem mit mir zusammen sein zu wollen. Aber ich liebe dich. Und ich möchte, dass du meine Gefährtin bist. Jetzt und für immer. Ich habe Barrett bereits meine Kündigung gegeben. Ich gebe das Attentäter-Dasein auf, um mit dir zusammen zu sein."

Tränen brannten in ihren Augen. „Das hast du wirklich getan?"

„Ja. Ich will dich nicht verlieren." Er neigte den Kopf und bedeckte ihre Lippen mit einem Kuss so voller Liebe, dass sie dachte, sie würde in seinen Armen dahinschmelzen.

Als er sich von ihr löste, lehnte er seine Stirn gegen ihre. „Aber es gibt noch etwas, das du wissen musst."

„Was?" Sie sah zu ihm auf.

„Normalerweise können sich Werwölfe und Menschen nicht verpaaren und sie können auch ganz sicher keine Kinder miteinander zeugen." Er drückte seine Hand auf ihren Bauch. „Aber aus irgendeinem unerklärlichen Grund bist du trotzdem schwanger."

„Woher in aller Welt willst du das denn wissen? Wir hatten doch erst vor ein paar Tagen Sex."

„Ich kann es an dir riechen." Seine Augen funkelten mit Liebe.

„Aber du hast ein Kondom benutzt."

„Es ist gerissen. Du musst die Dinger schon ewig gehabt haben."

„Stimmt. Die waren noch aus Highschool-Zeiten." Sie blinzelte und schien noch nicht ganz zu verarbeiten, was er da zu ihr sagte.

Schwanger? Sie würde Mutter werden.

„Ich liebe dich Lilliana. Und ich möchte mich mit dir verpaaren und dich heiraten. Ich möchte dieses Kind als Familie großziehen." Er hielt ihre Hände in seinen. „Bitte sag doch etwas, Liebste."

„Ich kann es nicht glauben. Es ist unfassbar."

„Das sind die meisten Liebesgeschichten."

„Ich liebe dich, Killian."

Er lächelte. „Gut, dann ist das geklärt. Ich muss nur noch einen Computer finden, um meine Kündigung auf Papier zu bringen. Um es offiziell zu machen." Er löste sich von ihr, aber sie griff erneut nach seiner Hand.

„Warte. Ich möchte nicht, dass du das tust. Attentäter zu sein ist ein Teil von dir. Ein Teil davon, wer du bist, und ich liebe dich für dich. Ich könnte dich niemals bitten, zwischen mir und deinen Brüdern, Lorcan und Brutus, zu wählen."

„Nicht?" Er riss die Augen weit auf. „Aber Barrett hat mich bereits wissen lassen, dass ich wählen muss. Und ich habe mich für dich entschieden."

„Lass mich mit Barrett sprechen." Sie löste ihre Schürze und legte sie auf den Küchentresen, „Ich bin gleich wieder da."

Kapitel Einundfünfzig

Lilliana klopfte an die Tür zur Bibliothek und drückte eine Hand auf ihren Bauch.

„Herein." Die tiefe männliche Stimme ließ sie fast zusammenschrecken.

Sie holte tief Luft, griff nach dem Türknauf und drehte ihn.

Barrett stand hinter dem Schreibtisch auf und sah sie mit zusammengekniffenen Augen an.

„Kann ich Sie kurz sprechen, Sir?"

„Nennen Sie mich Barrett. Niemand nennt mich Sir." Er winkte sie mit einer Handbewegung herein.

Sie schloss die Tür hinter sich.

„Nehmen Sie Platz."

„Ich möchte lieber stehen." Sie faltete die Hände vor ihrem Körper zusammen.

„Sie gewöhnen sich wohl immer noch an Werwölfe, was?"

„Man bekommt schließlich nicht jeden Tag etwas Übernatürliches zu Gesicht."

„Übernatürlich. So habe ich uns noch nie betrachtet, als etwas Übernatürliches." Er trank einen Schluck von seinem Bourbon und nahm erneut hinter dem Schreibtisch Platz. „Worüber genau wollten Sie mit mir sprechen, Lilliana?"

„Haben Sie Killian gezwungen, sich zwischen mir und seinem Job zu entscheiden?"

Er kniff die Augen zusammen. „Das habe ich. Und es wird Sie freuen zu hören, dass er sich für Sie entschieden hat."

„Ich weiß. Er hat es mir erzählt." Unbehaglichkeit machte sich in ihrem Bauch breit. „Sagen Sie mir etwas, Barrett. Was machen Sie jetzt mit mir? Jetzt, wo ich über Werwölfe Bescheid weiß?" Ihre Augen weiteten sich leicht.

„Wir dürfen nicht zulassen, dass Menschen unsere Existenz dem Rest der Welt enthüllen." Er lehnte sich mit den Ellbogen auf den Tisch und drückte seine Fingerkuppen aneinander.

„Ich verstehe. Aber was wäre, wenn ich eine Lösung für Ihr Problem hätte?"

„Und welche wäre das?" Er neigte den Kopf.

„Sie könnten Killian erlauben, seinen Job als Attentäter zu behalten und uns beide zusammen sein lassen. Auf diese Weise hätte ich ein persönliches Interesse daran, dass er sicher ist. Und Sie hätten die Gewissheit, dass ich der Welt nichts ausplaudern würde."

Er schnaubte. „Bis Sie beide Ihre erste Meinungsverschiedenheit haben. Dann würden Sie der ganzen Welt erzählen, was er ist ... was wir alle sind."

„Das würde ich nicht tun. Ich würde niemals riskieren, ihm wehzutun. Ich liebe ihn." Sie hob ihr Kinn und sah ihm in die Augen.

„Die Gefährtin eines Wächters zu sein ist schwer genug. Aber die Gefährtin eines Attentäters zu sein ist brutal.

Würden Sie damit zurechtkommen, dass er die Schuldigen hinrichtet? Sie haben selbst gesehen, was er mit den Werwölfen getan hat, die dort mit Ihnen im Keller waren."

„Ich weiß, dass ich ihn liebe. Und ich will, dass er glücklich ist. Attentäter zu sein macht ihn glücklich."

„Das tun Sie auch, wenn man ihm glauben darf." Barrett lehnte sich auf seinem Sessel zurück. „Was würden Sie tun, wenn er auf einer Mission ist?"

„Ich würde auf ihn warten." Sie lachte und drückte eine Hand auf ihren Bauch. „Und Killian zufolge werde ich mich auch um ein Baby kümmern."

„Er hat recht. Sie sind schwanger. Ich kann es riechen."

Sie sah ihn überrascht an. „Also ist es wahr."

„Ja. Und um ehrlich zu sein bin ich auf das Baby gespannt. Werwölfe und Menschen verpaaren sich nicht und bekommen auch keine gemeinsamen Kinder. So wie es scheint, sind Sie und Killian eine Ausnahme zu dieser Regel."

„Es scheint so. Aber ich wäre auch nicht nur Hausfrau. Ich habe auch eigene Pläne. Da Killian in New Orleans lebt, könnte ich dort meine eigene Bäckerei eröffnen. Einen eigenen Laden zu haben ist schon seit einiger Zeit ein Traum von mir."

„Stimmt ja. Sie sind Bäckerin." Er rieb sich das Kinn. „Und Sie können alles backen? Kuchen, Kekse, Pasteten?"

„Ja, alles." Sie nickte.

Er stand vom Schreibtisch auf. „Wenn ich Killian seinen Job zurückgebe und Ihnen erlaube, sich zu verpaaren und zu heiraten, würden Sie mir dann im Gegenzug etwas versprechen? Sie müssen immer für Killian backen, sodass er nirgendwo sonst mehr hingehen muss, um sich Kekse zu holen."

Sie runzelte die Stirn. „Sicher. Obwohl ich nicht …"

„Perfekt. Dann braucht er Jaceys Kekse nicht mehr. Tatsächlich kenne ich genau den richtigen Ort für Ihre

Bäckerei. Ich rufe den Immobilienmakler an." Er trank den letzten Schluck von seinem Bourbon und knallte das leere Glas auf den Tisch. „Ich werde Killian herschicken."

Ein paar Minuten vergingen, bevor sich die Tür zur Bibliothek öffnete.

Killian kam herein und schwang sie in seine Arme. Er drückte seine Lippen zu einem tiefen Kuss auf ihre.

„Wie hast du Barrett denn überredet, zu erlauben, dass wir uns verpaaren dürfen?"

„Ich habe nur ein wenig mit ihm argumentiert." Sie lächelte und schlang ihre Arme um seine Taille. „Er hatte aber eine Bedingung. Ich muss dir immer Kekse backen, damit du dir keine mehr von Jacey holen musst. Weißt du, was er damit gemeint haben könnte?"

Killian brach in Gelächter aus. „Nein, Liebling. Ich habe keine Ahnung." Er zog sie an seine Brust und küsste sie leidenschaftlich.

„Ich verspreche, dich für den Rest meines Lebens zu lieben, Lilliana Beckway."

„Und ich verspreche, dich zu lieben, Killian Black. Für immer."

Killian hielt sie fest und ihr wurde klar, dass sie endlich alles im Leben bekommen hatte, wovon sie je geträumt hatte.

Ende

ÜBER DEN AUTOR

Jodi ist Bestsellerautorin von USA TODAY und Finalistin des National Readers Choice Award für den besten Paranormalen Roman. Sie ist die Autorin der Serie AUFSTIEG DER WERWÖLFE VON AKANSAS und schreibt paranormale Romantik sowie zeitgenössische Romantik.

Geboren und aufgewachsen in Mississippi, führten ihre tiefen südlichen Wurzeln und ihre Liebe zum Paranormalen dazu, dass sie paranormale Romane schreibt, die im Süden der USA spielen. Wenn sie sich nicht mit Charakteren in ihrem Kopf unterhält, ist sie in ihrem Haus im Nordosten von Arkansas mit ihrem gutaussehenden Ehemann, ihrem brillanten Sohn, einem temperamentvollen Schwan und einem gelben Labrador zu finden, der gern Schildkröten anschleppt, wenn die Entensaison vorbei ist.

Jodivaughn.com